滄海叢刊③・黃德偉 主編

這次你演哪一半

張辛欣 著

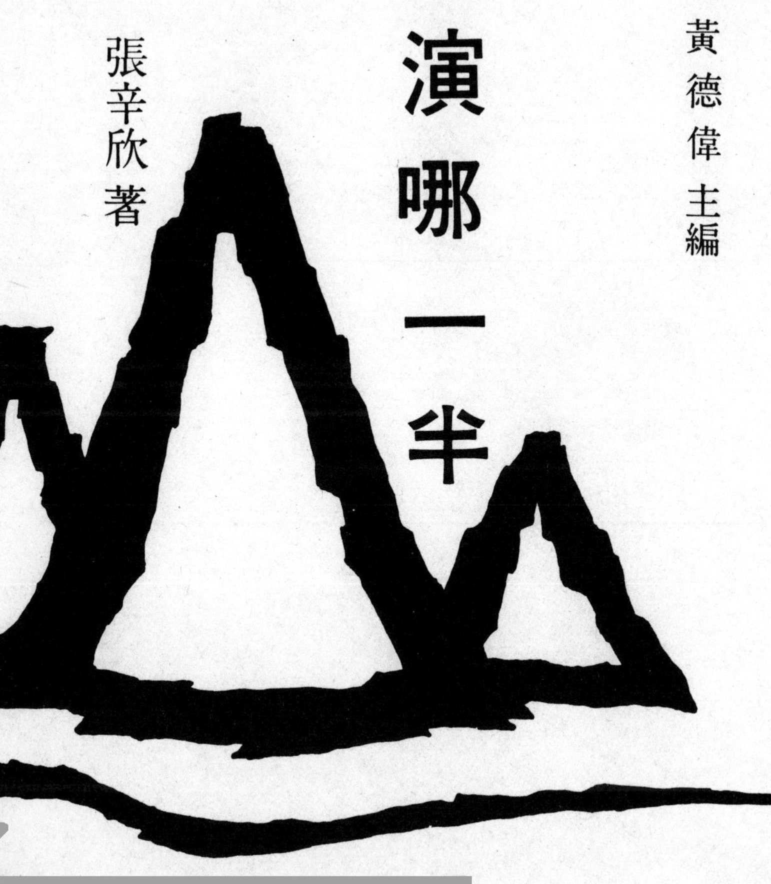

張辛欣・黃德偉攝・一九八八年十月

張辛欣・黃德偉攝・一九八八年十月

「山河叢刊」總序

黃德偉

中國文學到了廿世紀初開始進入一個與社會、政治、思想同步衰竭的階段。一九一九年的「五四運動」標誌一個新文學的誕生；三十年後，這個新文學在大陸的成長受到壓制而致變形；再三十年後，這個新文學經歷了災難、死亡的震撼得到重生——其間中國文化不但面臨「斷層危機」，而且遭逢「人工改造」，以致「山河四塞」。這個從苦難中再度孕育出來的新文學在近十年來得到外來文化的衝擊和滋補成熟得很快——他們學會了用各種語調把眞實的感情意念有效地表達出來，一方面揭露了「政治宣傳面具」下血滲的皺紋和傷痕，以憤怒、平淡、親切或「饑餓」（身心）的聲音述說著他們在極端荒謬、悲觀、殘酷的現實裏「熬過來」的體驗或艱難成長的過程；另一方面展示了現在生活的徬徨和抉擇以及將來的夢想和意義。也許，「文革」這場「中國文化大災難」竟扮演了「鳳凰火浴」的角色——竟提供了一個文化重生、延續傳統的條件和基礎。

為了薪傳這些民族的悲劇感受、呼喚和智慧，為了呈現千里山河老涸成無邊黃土地的中國命運的啓示，「山河叢刊」在「念禹功」（孫遜）、「風塵未盡」（庚信）、「四望春」（駱賓王）的多重構想中踏出了第一步——出版當代大陸小說代表作。這叢刊本著「委委佗佗如山如河」、「山無不容河無不潤」的態度去聆聽對岸擊槃說夢的細節，傳述那許許多多不斷在對岸繁殖的既親切又陌生，既古老又現代的故事。

「叢刊」的標誌和設計採用「山河」的古字（[古字]古鉢[古字]殷契遺珠一二五[古字]伊彝[古字]殷墟文字乙編五一二七）表明與中國古代文明、傳統的關係；而這關係更具體地反映在「叢刊」的創刊作白樺的《遠方有個女兒國》裏——作者透過空間和時間的差距與重疊，對照古代母系社會和現代父系社會的生活質素，並探索兩者衝突的內因外由，從而思考、提出「文明進步」定律的辯證意義和「反諷」內涵。此外，古字的山形水態也暗示了「叢刊」的出版意圖——把有份量，有價值的當代大陸著述作妥善的編印介紹，廣為流傳。

·民國七十七年七月七日於香港·

舞臺——自序

原諒我。

在上場之前，讓我說一句將要扮演的角色之外的心裡話：我不情願演派給我的角色。

我的「自報家門」，會比節目單上定要註明的演員名字多著好些字，它只是不會出現在開始，而是印在書的最後。不看也沒有關係。每一部小說都是自編、自導兼自演全部角色的一齣戲。戲比自己更是自己！並且，這本書中所選的〈這次你演哪一半〉又是一部結構特別的小說，既提供了作為作家角色的我的故事，也有作為故事裡的作家在寫的故事裡的我……。

我不想演生活派給我的角色。

就在過生日的這一天，寧靜地討論未來的生活，得到面對面的回答：

「……應該是公平競爭，但就是不公平的，你在大陸，所以容易引起國際上的注意，如果嫁給我，你的有利條件就有可能失去，你失去了事業上發展的最佳可能性，以後會不會覺得心理上不平衡……。」

我明白你說的是眞理。只是，這個眞理由你來說，是殘酷和疼愛都到了極至。我以為我已經不會哭了。那一刻的感覺是：心裡有一片很整齊、很緩慢的淚，安安靜靜地往下流，而自己這個人，站在一片細雨的邊緣。我不能說我痛恨寫作，我喜歡寫！不說了，要說的，都在小說裡寫了。這是報應。

〈這次你演哪一半〉，在大陸發表前，有幾遍結構不同的手稿，這次在臺灣出版的，和在大陸上發表的，結構又大不相同。那是在《收穫》雜誌發表之後的一個傍晚，在一個聚會上，當朋友們熱衷於政治民主的話題時，我和一個批評家聊了幾句關於小說結構的閒話，於是，當天夜裡決定了修改結構的原則，第二天，重新剪裁已落入讀者眼中的整部小說，憑剪子和膠水，做着電腦的活兒。我相信這樣大動一下會好一點，也知道這樣幹活很傻。外邊在物價飛漲，有些極好的作家開始棄文經商，……但我很快樂我能有一個機會把現在這樣一個更好一點的效果呈現給讀者！

我在大學裡學的是戲劇導演，因此演過許多角色。著名的：《茶花女》——瑪格麗特，易卜生的《培爾．蓋特》中的綠衣公主——山妖；我也演過小孩子、小市民和老婆婆。我得感謝為了在劇院裡和演員工作所受的演員訓練。我有了尊重自己職業的痛切體會：不論心裏那一時懷着怎樣的悲苦或瘋狂，站到舞臺上，必須全身心地投入角色之中，要對得起這一次買票前來看戲的觀衆。

每一齣背熟了，演熟了的戲，每一次，都是新的開始。每一次開始之前，我們都將每一個既定的環節一一地重新審視，默默地，找尋新的感覺，以生活中的舊的私人經驗，為新的這一夜晚呼喚靈感！每一次都是精神抖擻地登臺！

何況，有一位又一位的編輯，為我的一遍又一遍手稿一字字看、校，提供他（她）們的訓練包括個人生活的經驗……還有一道道程序……猶如化妝、燈光、音響師們，烘托我作為一個角色露彩。哪怕舞臺再小，出現時間再短，我們全都盡力！

開幕前，不作為未來角色，再說一句：只有我知道，你最喜歡的戲劇人物是意大利戲劇的小丑，而我，最最看重的，是莎氏比亞全部巨著中，小丑，這個角色。

張曉風

一九八八・一〇・二三

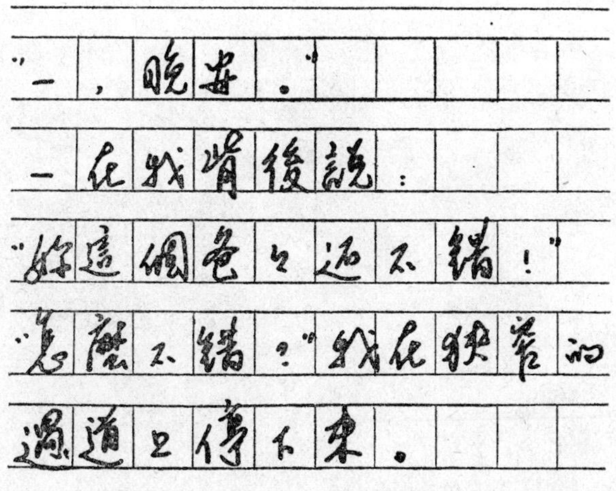
“—，晚安。”
—在我背後說：
“好這個色色還不錯！”
“怎麼不錯？”我在狹窄的
過道上停下來。

作者手跡（見內文78頁）

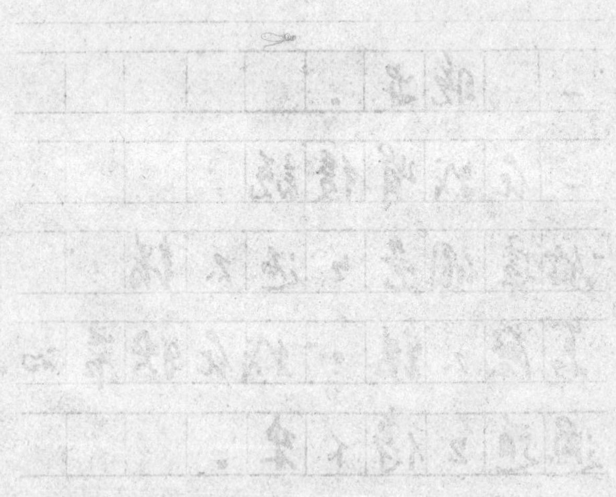

目次

這次你演哪一半

「到底是哪個字呢？」

「就是這樣嘛！」

「慢點兒比劃，我還沒看清楚呢。」

「就是，就是這麼一橫呀！」

「就是，『一』？」

「啊！」

一，誰也不會想到，這個故事成了這樣，是因爲，你，曾經出現在我的生活裏。儘管我們一起度過的時光是那樣短。

我把這個故事獻給你，但是，只能給大人們看。

星期日

突然響起敲門聲。一切動作都停止了。

「誰呢?」

他用眼睛問我。

我聽。

門還在敲，有節奏，不緊不慢，聽不出特點，沒有人聲。是哪一位朋友?是編輯?是外省來的?!是……沒有人聲。

我對他搖搖頭。

門仍然敲響著。

我們只有一動不動，只能一動不動。

好尷尬！我朝他微笑，無聲地，他也微笑起來。門繼續敲響著。只有讓它響著吧。我伸出手，小心翼翼地，爲了不發出聲響，撫摸著他的……突然，我驚住！

天呢！別是，一和她媽媽來了!!!我知道，每個星期日，她們一定要去鋼琴老師家上課。

然後！

一的媽媽有門鑰匙的！

她會禮貌地敲一下，會自己打開門！會……我只有一動不動，只能一動不動。他伸過手來，輕輕撫摸著我。我只是聽著門。

門，不再繼續敲了。細細聽，有一點點聲音，窸窣的聲音，似乎不是鑰匙串那種金屬碰撞的輕微但清脆的聲音，似乎，沒有聲音了。

我們仍然只能一動不動。

又過了多久，不知道，只覺著呼吸也成了累贅。

眞的沒有任何聲音了。

輕輕走到門口，打開門，門前是空的，無人，門上，貼了一張油印的小紙片：

請把本月五費❶交房屋管理處。時間：上午九點——十一點半，下午二點半——五點。逾期加收管理費。

他又重新握住我的手，我感覺不到他的手的感覺，我的手也沒有感覺了，一切都如烟散。

我們重新坐下來，一個在沙發這邊，一個在那邊，遙遙相對。

「下一步，你打算怎麼呢？」

談的是嚴肅的話題了，眞的也面對認眞的現實選擇了。只是，被敲過門，被一動不動地釘在那裏之後再來討論任何嚴肅的話題，都彷彿有點兒小孩子企圖掩蓋「過錯」的味道。難道現在有人敲門，現在你去開門，人家會用鼻子嗅出你們剛才在這裏談什麼？做什麼？想笑，笑不出來。

他在我對面坐著，形體又回到以前的穩態，聲音也是平穩的，但我能聽出焦躁。

---

❶房子費、管理費、水費、電費、煤氣費。

「開始做博士論文的時候，我本來打定主意，適應一下，拿了博士就回來，可是我現在想，也許，我還是該再去念幾年書？」

我一動不動看著他，端著茶杯。

在想剛剛出現過的對話……

「我們爲什麼要坐得這麼遠說話呢？」

…………

「你，不能坐過來嗎？」

…………

「你爲什麼不能坐過來呢？」

…………

「你，怎麼想？」

我想？有什麼用？你不過是把自己心裏的徘徊，變成聲音，再做自我徘徊，而且，這個徘徊，很快就會結束，變成一個明確的行動決定。你和我，頭腦同樣清醒，足以自己決定自己，自己判斷自己的處境。還有什麼可細細討論，反覆用聲音嚼來嚼去?!我們不是早細緻地討論過你的設想，不是已經排列出開發那些蠻荒山區的國際旅遊點會帶來的原始狀態和假文明狀態，眞是在用嘴模擬著電腦！不是已經預測過建築方面的，心理、文化方面的，還有社會結構的種種問題。不是你和我，是大組的人，是大批白白扔掉的調查資金，是無數的報告、報告、報告，中文、英文，飛來轉去，可笑的嚴密！都是人們的智力、體力、生命的白白浪費。說什麼呢?你不比我更有體會?還說什麼呢?

「我想，我不能給你任何建議。」

他凝神看我。

我却沒有再看他的興致。沒有！

我只是盯住任意的地方，視線不肯移動分毫，我知道這叫「發呆」，我知道，不能這樣，知道有一個人就在你的對面，知道他是很近、很近的人！也是，客人。你總得做著主人的樣兒，招呼客人，不該把這種該死的呆默亮在人前，而且，爲什麼，偏偏在人前，你會出現這種呆默！但，就還是這麼坐著。

「你挺怪的。」

「什麼地方？」

「你知道，我第一次見到你，是什麼吸引了我？」

「總不會是漂亮之類，是談話吧？」

談話！眞是故事轉折的「眼」！

「不，是你那剪的孩子似的短髮。」

「那純粹是偶然的！」

「給我留的印象太深了。那短髮和你的活潑一直保留著，我現在才發現你非常……」

「別說了！」我打斷，「我知道，我其實非常乏味。」

「不是乏味，是有壓抑感，已經夠沉重了，自己何必呢？」

「是呀，我也正在這麼想，何必呢？」

我突然衝他笑了，笑得明朗，心裏的陰影，彷彿原來就不存在似的。

他也笑了，笑容裏，藏著一點哄人開心的好意。叫人好煩！好累，替他累。何必呢！我想說。臉上依然保持明朗如前的笑容。

「好，我走了。」

「走?!」

我看著他戴圍巾，穿外套，掏出外套兜裏的手套。我送他到門口，點一下頭，算是說「再見」。

關上門，我站在門邊。

我能聽見他走過公共通道的脚步聲，聽得見他推開通道那通向電梯間的門的聲音，聽得見那活頁門仍在獨自晃來晃去的聲音。甚至能聽見，的確能聽見，電梯從底層——一層，向十五層——升上來的聲音！總是出毛病的電梯，能按照它應該做的，升上來，降下去，總像是格外的恩賜。電梯出了毛病，停運，是正常的，不意外的事。它起動時帶著「咯噔」一下沉悶的響動，也是正常的……我不願意他走！我不願意一個人獨自留下，突然不願意，不願意到委屈。我爲什麼不說話，爲什麼不說，我希望他能跟我一起吃頓晚飯！

天在漸漸暗下來，透過厨房的窗，厨房的門，透過客廳的窗，窗廳的門，漸微的自然光到了門邊，已是一片昏暗。我明白，我不只是想和他一起度過這一個傍晚，這一個夜晚，我有一種想要死死抓住一個切切實實的人再不鬆手的感覺！

仍然站在門邊，我極其明白，在那不必討論何去何從的討論之中，我在爲自己傷心。又能怎麼樣呢?!你眞想愚蠢地說：爲了我，留下吧！愚蠢地說了，還要面對現實的選擇。我今天晚上要寫的段落，我明天必須打的電話……一件件具體的事習慣地湧過來。我已經坐在寫字檯前。使人眩暈，忘記時間、空間的煙霧，全部散盡。我把被我疏落了一陣子，不是表面零亂，而是眞的零亂到連我自己也有些分不清的桌面上的各種紙片和一個個閃過的。零亂的，但不知道什麼時候就可能有用的念頭、句子，收拾著，清理著，分類著……奇怪的是，剩下我一個人的時候，我絕對不會久久發呆，儘管沒有人看見，我也不會，我不允許自己「表演」惆悵，沒人看見也不放縱自己。這種行爲，是一個被反覆磨練太久的所謂「職業婦女」人所不見的一面?也許它不能入我爲男人寫的小說，它適合放在哪個小說裏?或者，因爲它，而寫成一篇什麼?我爲什麼像一個追著自己的尾巴團團轉的狗，常常會追著一個感覺，想下去，並且，總想把它們放在這兒，或者那兒?我是不是眞是那個在生活裏，也在我未寫完的小說裏的畫家說的，是「機器」，思維不停運轉的機器?!而且，我發現，我更喜歡這個時刻，比和人在一起最親密無間的時刻還要快樂！自如！一種快速地滑動的，無聲的快樂。我絕對不能對他說，在我們做了以前，我就已經寫下將要發生的場面，甚至，他會說出來的話！當一兩句話和早在現實之前已存在的對位時，驚駭同時便黯淡了身置眞實的心境。其餘所發生的，都彷彿卽興發揮和造物的創作，使你來不及地驚喜……

我在手稿堆裏翻出寫過的：

兩個人之間，是茶几，茶几很小，鋪在上面的米色團花的厚重的手織品，一直垂到地面那藍底襯著玫瑰紅加粉加綠加淺炭加橙黃的大塊圖案的羊毛地毯上。一直在談話。話有時是緩慢的，但他的話和她的話之間，話鋒緊咬，似智力遊戲，却絕不輕鬆，像棋手對弈。茶几，尤如棋盤，走的是盲棋，茶几上什麼也沒有，連茶杯也沒有。駝色的粗麻面的沙發羣，圍著茶几，沿著地毯邊緣，拼成一個大大的半環。是角鬥場了。她想。於是，兩個人，面對面，距離却遠著，各自去搆隔在中間的茶几，都有些勉强。她把視線移開，移到他的頭頂上。他身後是牆了，牆上懸一副水牛頭。白啡啡的頭骨，發著烏光的棕色的彎彎的犄角，幾乎占滿那一壁牆。他的聲音和他說話的內容彷彿相反，而和這個傍晚相似，給她一種想要驚喜自己竟擁有這樣一個傍晚却又不敢驚喜，怕驚走了這片暫時的眞實的感覺。這種眞實裏，帶著他剛剛回來的那處遙遠的地方的一片想像……起伏連綿的山，線一般細的唯一的公路，茂盛的樹，石頭的屋，屋前的木柵，石頭和木柵組成的村寨。屋頂的茅草是黑色的，帶一些腐敗發霉的土黃，石頭是黑色的，露一點本來的青灰，木柵也是黑色的，剛被折斷，露著新茬的地方，是濕漉漉的嫩黃，土地是赭石色的，樹是暗綠的，濃密，不透陽光，暗綠到黑色，森林中的地面是赭石和暗綠和黑和黃以及大朵的紫花和野草莓的點點猩紅的拼接，傍晚的炊煙，將整個村寨，整個地，輕輕升騰。清晨，漫天的霧起來，同樣輕輕地，就罩住所有連綿起伏的山。靜夜，清白的月光輕易勾出每一樣裸露的物體的每一層，暗紅的火塘，黑色的鐵架，黑色的褲脚，黑色的赤足，移動著，一線白色的不動的公路……那個强烈的單一的欲望，和那些跳想的世界持續並行。話，接得更緊了，兩個人的爭論甚至重疊。

「我們爲什麼要坐得這麼遠說話呢？」

他突然說。

她看他。

「你，不能坐過來嗎？」

他又說，聲音是溫和的，也是平穩的，和他坐在那兒的姿態一樣。

「你爲什麼不能坐過來呢？」

她反問。她從自己的話裏聽出一種咄咄逼人的味道，不是挑逗，而是，挑釁。

「因爲我看了，你身邊放著書，那麼多書、稿紙，還有報紙，還有一只盛著水的茶杯，我過來，它會翻的。」

「你看了多久？」

「很久。」

她看看他，然後，看看自己身子兩旁，竟然眞的有很多東西！還有杯子！她突然認眞地判斷了一下，如果把它們一一搬開，眞還需要花一些功夫，那麼那個時候，他幹什麼呢？她也想像了一下搬東西的細節、場面，於是，便笑想像中的模樣滑稽的自己，笑著，端起手邊的茶杯，喝著水，微笑裏換了審視的成份，仍然坐著看他。

他也仍然看著她。

還是面對面，遙遙，隔著茶几。

「說出來，也許會嚇住你。」

她開口了，並且，覺得有一股冷靜地掌握著什麼的快意在泛起。

他坐在那兒，不接話，姿勢也沒有變一變。

「你知道我一直在想什麼?我一直想走過去，想坐在你身邊聽你說話，我一直不明白，我們爲什麼要隔得這麼遠?」

他只是看著她，還是坐在那兒。

控制不住的那股快意使她大笑起來：「我猜不出你到底怎麼想。你，很滑頭。」

她站起來，拿著杯子，往前走，走過茶几的時候，替他想他現在的心理活動，她有點得意她破壞了那種所謂的「氣氛」，心，變得明朗，她走過茶几，走到他坐著的沙發那邊，走到客廳外的狹過道那裏，在酒櫃前站下，往杯子裏加開水。她端著杯子轉過身來的時候，他，已經緊緊地站在她的面前，並且，已經握住了她沒有端杯子的那隻手。「行嗎……」空間一瞬之間大極了，小極了，他的聲音僅僅在你一個人的耳邊。她沒有回答，沒有動，沒有看他，只感覺著握她的那隻手，手是溫和的，但不是柔軟的那種。那手不動，只是穩穩地握著。慢慢地，她把自己的手抽出來，感覺手在脫離那手的食指和拇指的邊緣時，手慢慢爬過那邊緣，覆在那隻手上，反過來，握住……她看見自己另外一隻手還端著盛滿了水的杯子。

突然，門

「我能說句話嗎？」

畫家在背後說。他肯定又在吸烟！他的大手掌中肯定握著不銹鋼的小烟灰碟，而那些烟灰却肯定總是落在烟灰碟外邊，然後，被他那雙沉重的牛皮靴踩進地毯！我幾乎能尖銳地感覺皮靴底在怎樣地把烟灰死死地揉進（！）又揉進（！）地毯

……

（這兩個加了括號的驚嘆號，用得不合語法，但是挺有語感！）

「你說吧。」

「我看了那篇批評你最近作品的文章。」

「感覺怎麼樣呀?」我仍然面對稿紙。

「我覺得有道理。」

「你的話叫我傷心!」

我眞覺得有點兒傷心。

「你現在手下正在寫一個什麼故事?能說說嗎?」

「怎麼說呢……」我肯定他還在沙發中間手握烟灰碟逍遙漫步，還在不斷地到處播撒烟灰。這傢伙，烟怎麼會吸得這麼凶?!是這兩年越發上癮了?還是以前在一塊兒的時候我沒有留心?吸烟吸到我爲他騰出來的我的臥室!吸到厨房。不論是茶几上，是過道的酒櫃上，是他那副高大身材竟很順手的、我看都看不見頂的冰箱頂上，隨處的，隨時地，老瞧見滿是烟蒂的烟灰碟。還吸到廁所!抽乾淨的馬桶的清水中，有時候漂著一根烟蒂，我凝視一下，冲掉的時候，總會想起强盜在背靜的地方決定下手之前的果斷動作。在廁所兼著放洗衣機和淋浴的小小室內地面上，我鋪了尼龍地毯，地毯上已經燒了一個焦黑的小洞。這小子坐在這麼小的地方上廁所的空兒還沉思、反省什麼嗎？在廁所門外、門廳和過道那些尼龍地毯上，還算幸運，只留下一塊塊黑色的灰迹。一瞬間，他的全部罪行都浮在稿紙一排排的字迹上面！我大概很像個到處嗅嗅有沒有生人氣味的妖怪！謝天謝地，他是客人，不是永久居留。也好，他飛來這裏看畫展，免了我回頭爲插圖再把手下的稿子大老遠寄過去，你還得計算出稿子寄丢了，小說排版誤期的技術環節。但我信仰他的插圖，猶如操心一條裙子該配什麼皮帶！

（往下是不是有點兒長？但似乎也需要？）

畫家似乎是站在書櫃跟前，我用後腦勺看見。他站的那個位置該是擺著我的書的地方。那排書，有幾本裏，有他的毛筆，一本書，翻了幾種文字，幾本加幾種文字，的確是一排，因爲翻譯，書厚了，顯得更威武了，裝璜，也更精美些，於是，越發顯得有些戰果呢。他是在品著那些戰果中他的血汗？包括和我的內戰？還是在欣賞書櫃上邊的一張賀年片？他又在走動！又在動！我眞受不了！但絕對不能說，有兩次了，我一坐在寫字檯前，他就不再半仰在沙發上，腿也從茶几上拿下來，用遙控器關掉在寫字檯旁的電視，然後，蔫蔫地搭拉著大腦袋，拿著本什麼雜誌，進臥室去吸烟。他那種寂寞，那種居然彷彿寄人籬下的自卑感，我也是憑後腦勺看見的。我不說，我明明知道。但我也不能忍受……他在順著書櫃走，順手按了組合音響的一個鍵，音樂來了！他又在動，那些烟灰！我看看我究竟能不能抓住這小子一會兒，也抓住一下我自己！

「我現在正寫的這個故事，想討論一個問題，女人和男人，在這世上，到底誰更難？」

「誰？！」

他現在當然原地站定，但就在這一剎那，因爲突然極其專心而下意識彈出的烟灰，更必定落在烟灰碟外！他的音調，又開始懶洋洋了：

「男人和女人，你說誰更難？」

「男人。怎麼樣？這下稱你的心，合你的意了吧？哼！我就知道！」

「你眞這麼認爲嗎？不是爲了騙稿費吧？」

「騙他媽的大頭鬼！」

我爲我的傷心報一箭之仇。

他呵呵地樂起來。

「嘿！我頭一次聽女作家說這種話！當然，我也是特別認識您這位啦，不過，我眞還是頭一次聽女人這麼說！嘿！」

「沒準兒，我眞是頭一個這麼說的女人！看看日曆看看手錶，記住這個歷史時刻！你肯聽聽我的新故事嗎？」

最後一句，我簡直像一個倒過來請女顧客試新裝的裁縫，改了討好甚至諂媚的口氣，只是絕對誠懇。

「我看呢，你現在眞像人家說的。」

「——自我感覺良好！得，得，得，你要是愛跟那位批評家一道玩彈球，就努力撅著吧！我已經劃拉好了一個小說的草稿，題目就叫：自我感覺良好！」我的手在攤在桌面上的稿紙堆裏急急忙忙翻著，嘴裏叨嘮著：「那天我正在看一個電影……」我現在是滿嘴別針跪下來給「這位太太」別晚禮服的下擺了！我得趕忙找到最初寫下的片段，我得抓住難得落到我手心裏的這一個一向挺懂我的傢伙，我得揪住他的耳朵，給他念念！我不相信他還會繼續說背叛的話。我相信我的感覺，正如同感覺自己的眼力和手藝都絕對好，但我眞不知道爲什麼這一次無比困難！我嘴裏的廢話現在都是爲加倍體現「她」本來並不那麼出色的甚至沒有的曲線：「……您知道大演員霍夫曼，在那部電影裏就演一位演員。這演員很有表演才華，卻總也得不到施展的機會，有一天……

（還眞不錯！眞的感覺還不錯！）

但是，這種感覺絕對不能對他說，以後，也不能說，只有現在這種時刻，我覺得最鬆弛、最安全，我發現我其實在自己都不知道地慶幸著他終於選擇要走了！遠遠地走了！剩了我一個人清醒的，思維不再受任何體溫、電波的干擾的那種說不出的清新的快樂，如同清晨到來！這種類似潔癖的獨自的思維空間的苛刻要求，這種感覺，放在哪兒呢？畫家說的「機器」

這個詞，眞是無比地妙！機器創造著它本身不具有的……

把被套撤下，把枕套撤下，床單撤下，撤下茶儿上的手織品，把窗帘也一一撤下，統統扔進洗衣機，倒上洗衣粉，放水。放水到定量的刻度線，需要一小會兒。這一小會兒，我在桌前，整出該回的信，然後按出門辦事的路線的順序，在一張廢片背面，飛快地順序寫下：洗澡、發信、買菜……要買的每一樣菜，也一一寫上。每出一次「小」門的「節目單」，都是寫字檯上日曆的「節日單」上所沒有的。我習慣了這樣活著，凡是不必用腦子記的地方，都用那支寫夢的筆來記「賬」。機器！現在該關洗衣機的水，讓要洗的東西們在洗衣粉裏浸泡一會兒，這一會兒，正好用吸塵器吸地毯。因爲我只有一個可以滿屋子拉來拉去的電線極長的揷銷板，不能同時安揷放在廁所裏的洗衣機的揷頭和需要到處拖的吸塵器的揷頭。不過，我也早已計算，安排，並且習慣了一整套最合理的收拾房間的程序。地毯吸過了，有些油迹仍然留在上面，大概是畫家總穿著那雙髒乎乎的牛皮靴從厨房走到客廳？油迹在地毯上十分刺眼。還有那些黑色的烟灰迹！洗衣機已經轉動起來，不論定時在幾分鐘上，是洗，是清，不論是放水，是進水，都不耽誤你一邊照顧著洗衣機同時跑來跑去。清理廢稿紙。扔掉空瓶子。到公共走廊的那頭的公共垃圾通道倒垃圾。用抹布一一地擦著每一件傢俱的每一道平面和邊緣，每一件掛著、擺著的裝飾品。也踩著沙發背爬上去擦那牛頭的兩隻彎彎的犄角。是一個朋友做的，做完了，沒有房子住，沒地方掛，寄掛在我這兒。擦厨房裏每一件餐具和調料瓶們。同時，照顧洗衣機。就是在六分鐘、三分鐘、二分鐘、一分鐘的各種定時的切割裏，跳動、轉換、繼續著家務勞動……機器！畫家要是知道我是這樣幹活兒，這樣每日、每時地生活，一定很得意他像當初發明「機器」這個詞的人一樣準確地爲我發明了「機器」這個詞。我絕對不後悔當初買了一個不是全自動的洗衣機，甚至慶幸它帶來的囉嗦。我早就發現，當你累得寫不動東西，也看不進書，累到任何音樂也變成噪音的時侯，你最好的辦法，就是把自己消磨在家務活兒上。而且，必須有這麼個不全自動的機器來控制督促你，使這些瑣碎的忙碌，像一種有節奏的舞蹈。你儘管可以一邊幹一邊嘲笑自己：爲什麼要爲這些東西服務！而遙遠的當初，爲丈夫，才盡心地做著家務的時侯，却時常帶著委屈，甚至怨恨！……只要不使你停下來就好！洗衣機仍然在轉動，我從壁橱裏拿出乾洗毛料衣服的「去油靈」，跪在地上，對付粗羊毛毯的油迹；然後，用洗餐具的「洗潔劑」和刷子試著洗尼龍地毯上的烟灰。現在，只剩下粗羊毛毯帶到尼龍地毯上的一絲絲藍色的絨毛，無論用吸塵器，用刷子，用抹布，加「去油靈」或者「洗潔劑」，都不如用微濕的手指在地毯上一點一點地抹著，把絨毛趕到一處，拾淨。一點一點抹著，一遍一遍想著，爲什麼要如此精心地收拾這臨時的、隨時準備著搬走的地方？爲什麼要這樣一個人，日復一日地，收拾了，又重頭收拾？爲了什麼？問自己，問了一千遍，仍然一千零一遍地收拾……粗毛地毯和尼龍地毯現在都變得光澤鮮艷。十個手指已經漆黑，用肥皂反覆洗淨手指，指頭已經被磨粗了。明明知道這辦法極其笨，但這笨辦法最有效。手指的皮膚總會慢慢長回到細膩。

（還好，那個小說裏也有灑脫的段落！）

有一天，一個電視連續劇缺一個角色，是一個女主角兒，霍夫曼他就喬裝打扮去應試，一試卽中，一中就紅，紅得頓時上各種雜誌封面，做廣告，也講演，從女權主義到星球大戰，成爲現代女性的可愛典範，家喻戶曉，人人喜愛。那個電影，名叫《寶貝兒》❶

❶ 卽《窈窕淑男》。

那工夫，寶貝兒霍夫曼正逗得我樂不可支。一個朋友拍了我的肩膀，輕笑帶著低語：「——霍夫曼這小子眞邪門，演的女人，跟生活裏，你的動作，一個樣！」

頓時，幾隻手一齊拍到我的肩上，似乎幾條漢子，在陽光燦爛的牧場上，瞇著眼，拍著一匹馬，很自信地讚賞它。幾個聲音一起入耳，意思全一樣：沒錯！正琢磨霍夫曼的表演像個身邊認識的誰！

「是——嗎？」我嘴上挺謙虛地應著，同時，絕不耽誤哈哈大笑。因爲就在這個時候，銀幕上，男扮女裝的霍夫曼，突然，給了想親「她」的男人一脚！這一脚，沒揷入一個特寫，猜得出效果如何。只見中景畫面裏，「她」，膝蓋猛地向後一收，男人攻擊時出其不意的速度！女人的高跟鞋！肯定是高跟鞋，那錐子似的尖鞋跟，肯定比他作爲男人用皮鞋頭踢，是又狠、又準、又不傷不疼自個兒的脚！這一招兒眞設計得絕妙到家了！眼睜睜，就瞅著同性別的伙計爲了共同的小念頭挨了踢，全都報以罪有應得的哈哈大笑！

所有在黑暗裏笑著，喜愛著你的人們中，我相信，只有我一個人，懂你的心，只有我，體貼你苦心設計的那一脚以及所有女人的小招兒和男人自己的招兒。

霍夫曼，你是沒招兒了。如果你一下子跳到《克萊默對克萊默》❶那樣的高度，老天爺又沒有預先賜你一副奶油小生的臉蛋兒和個頭兒，沒法子做通用的理想情侶，下一回，演什麼角色才能再得喝彩，這個故事構置的方式，已經是救你命的大招兒！

也許，咱們倆有一點點同命相連？

但是！他們爲什麼會說你我相像？你演的男人，是一個急躁的、好發脾氣的男人，而你裝扮的女人，却是一個性格安詳、自信心很强的女人。我難道的確是一個自信心很强的女人嗎？只是，絕對不性格安詳。沒有一個男人給過我這樣的恭維。

……假如，我是一個男人，却一定是一個不發脾氣、不急躁、自信心很强，但一點兒也不顯擺、不外露的男人！

❶即電影：《克拉瑪對克拉瑪》。

嘿！寶貝兒！你可眞是個寶貝兒！我突然快樂無比！

假如，我反過來做一個故事，在故事裏扮演一個男人?!寶貝兒！我實在是太合適試一試男人的角色！我堅信，你在生活裏的女朋友，絕對沒有我的男哥們兒多！你在男人裏頭是矮個兒，扮女人占便宜，我呢，在女人裏頭是矮個兒，像我這樣的女人演男人，生活裏，絕對沒戲，但是在戲裏，保證能得女人、男人的個個喜愛。靈巧，便有恰好的瀟灑兼風流！想想《第十二夜》中女扮男裝的薇奧塔，不是比偉岸的公爵更得那位高傲淑女痴痴的愛戀?!想像一下傳奇中的女俠，混迹俠客中間，見多少男人的世面！現在，只需要認眞研究一下技術問題。

「怎麼樣，還要聽嗎?」

「唸你的吧。」

究竟怎樣女扮男裝?該不是，演女人用加法，演男人用減法?你又要以女人的扮相出門，正在銀幕上爲我一一做相反的提示：

你在一個一個地拆著套在架子上的假髮的塑料卷，在把一個個各自包裹的小卷兒梳開；讓兩鬢向上再向後；讓額前的頭髮歪向一邊，先向下一彎，然後再盡力往上挑；頂上的頭髮要隆起又要稍稍壓穩；整個後腦勺的頭髮要讓它們左擺右擺地彎曲著又彎曲擺動得不大……這還是一個極平常的髮式；

你在施臉部粉粉的底彩，在用手掌外側均勻地、輕輕地斜打胭紅；

在一根根拔眉，在細細描眉，在用藍色、紫色勾眼，再撲一層螢光綠；

在戴假睫毛，在用小刷子精心地伺候著，只爲叫它們微微向上翹，極小地多賣一點點俏！

在塗唇膏；

在伸出手指，一個一個地貼著假指甲，指甲頓時變得修長，再一個一個地抹著指甲油；

戴上一只戒指，再戴一只戒指；

戴上一只耳環；

再戴一只耳環；

項鏈、胸針……還沒到連褲襪，更沒到最省事、最見效果的連衣裙！換了一副眼光，突然目瞪口呆！大小零碎們，足以把任何一個人堆成一個女人！男人呢？

襯衣，褲子，

還有什麼？現代的男人，好像沒有什麼了。

男人的服裝樣式和色彩，此刻細細一想，竟，太少！太少！這個世界一直在幹嗎？難道就在圍著女人小小的虛榮心翻來覆去地團團轉?!

我差點在電影院裏爲我的偉大發現大聲叫喊！

一個現代的男人……男人的動作，男人的語言。……

我們只要把聲音變柔、降低、放慢，僅僅控制一下語氣而不是改變語言，你就是女人。罵人嗎？女人也會，會罵得恰如其分的女人和罵得狂悍的男人同樣地有魅力，女人還可以發發歇斯底里，男人不行，形象不允許，不信試試看？眞是沒出息！女人不允許這樣的形象，沒有了依靠感。

我們還在企圖得到男人的保護，實際上，最最不能得到保護的，恰恰是男人。

一個、兩個女人參戰，千古流傳，多少男兒戰死沙場，一代，一代，默默無聞，應該，有份。當然啦，男人保護自己的時候，比如拋棄我們的時候，也很有力量，可是，女人的哭泣，難道不是比男人更有表現力？哭泣也是一種自我保護的行爲，並且，常常有效！

而男人，連在公衆面前哭泣的權利都沒有……

「你感覺怎麼樣？」我屏住氣問這位被我的文字語言包裹起來的人，可我自己感覺眞不怎麼樣。貧嘴。貧血。卽便是那段似乎還有些華麗和細膩的部分，也頂多是過於堆砌的花邊！我大概出了毛病，對重新連綴這些半新不舊的感覺材料漸漸喪失興趣。玩命織著荆棘衣，誰知那些弟兄們要不要變成「人」那種其實中性的玩意?!不過我還能撐得住，聽人家的反應。

他坐在對面，擰了一下粗壯的脖頸，把大腦袋一聲不響地扎下去，悶了一會兒，嘆了口氣，然後，站起來。他高高寬寬的身材，使那羣粗麻面的沙發們顯得格外矮小，他身後那副水牛頭骨，也不顯得巨大。他抽了口烟，吐出烟時，突然又呵呵地樂起來。

「哈！眞是難到家啦，如今也不能打老婆，憲法保護你們。操，竟慘到讓一個女的來替我們出氣、申寃的地步啦？」

「你到底覺得怎麼樣？這小說還有點兒意思嗎？」

我這時候是又焦躁，又嬌氣，只想聽好話。

「總比我的畫有點兒意思吧。」

「你這算什麼意思！」

「唉，你猜猜我現在畫什麼呢？」

「畫什麼？廁所壁畫？」

「差不多。你知道我們那個城市，現在畫家畫什麼最賺錢？油畫從過去到未來都是沒戲，國畫也飽和了，連環畫在書店積壓……」

「那你靠什麼養你兒子？」

「嘿，法制教育連環畫呀！少女被强姦！小報不是被禁了嗎？又改小刋物啦，幾毛錢一本，如今，幾毛還算錢？買一本，慢慢領會吧。哼，過去看文學編輯圍著你，你沒瞧見現在的我呢，份足啦！小刋物那些，那些，不叫編輯，純是發行商，在我家排著隊坐那兒等，『立等可取』。不懂什麼叫繪畫，還站在你身邊，直伸著爪子教你：『把上衣，再扒下來一點兒，再扒下來一點兒！』『注意明暗關係！』喝，還是行話！心說，別跟我逗啦，不就是人體素描嗎？這是基本功！沒脾氣，叫你怎麼畫就怎麼畫，還不能全沒脾氣。叫你改封面，還嫌不夠刺激！不夠?!你瞧瞧排隊候著的，湊合著吧您吶。那傢伙，一扭臉，回身從西服裏兜兒掏出一疊錢，拍在桌上，說聲：『明天取。』走人啦！他媽的，還想堅持一下信仰、格調什麼的，又降低一截，可多了二百塊！那兜兒裏，指不定多少水份呢！這幫人體販子才眞是掙發了！我成什麼了？我問自己，色情製造機！你別笑，放下筆，有時眞想哭。有時候，想，還能爲你當初的故事畫插圖嗎？」

「也不是當初的故事了……」

我們多久沒聊天了？他來了這些天，我們怎麼也沒聊聊天呢？擁著稿子淡淡想著，淡淡地，覺著奇怪。

「對了，你剛才說到男人的動作，我可以指點你一下打架怎麼打。假如，你對面走過來三個男人，你馬上要看好自己該站的位置。」

「站位置？準備打架？！」

「啊！在任何場合，你得時刻留神你的前後左右。」

「每天？每時每刻？」

「差不多。連哥們兒之間，你看是聊天，拍著肩膀，其實，都站好自己的位置了。」

「這可太累了！我怎麼沒有這種感覺呢？」

「所以你是女人嘛，你不是要寫男人嗎！女人呢，像你這樣，坐在這兒不動，就可以自我實現，男人，一定要在社會中證明自己的存在。」

「唉，你別玩土黨到家的理論了！還是教我一點實著著的吧。請教，男人要想勾引女人，怎麼寫比較像那麼回事？究竟，怎麼辦？」

「這個嘛，具體而論。怎麼說呢，比方說吧，一個女人老在那兒滔滔不絕，你可以這樣說：『你，不能坐過來嗎？』」

我下意識捂住稿紙。這王八蛋！

他却圍著小茶几得意地轉悠。他忽而走過來，走到我的身邊，站下，看著什麼。順著他的視線尋過去，是在看我寫字臺上豎著的、記事的日曆牌。幾乎每一日都排滿了字。字很簡略，像暗號，像咒語，是只有我自己極其明白的一件件事情。我也端詳起日曆上我自己的模樣，想起我和他合作的第一部小說。小說中那位卽將離異的丈夫，在剛出現的那一章，就伴著一份安排一天最佳行動路線的「節目單」。那份兒講效率，那份兒「功利主義」！如今，我很像我寫的那個丈夫？

「你活得不對頭。」

我立刻像刺猬一樣地縮緊自己，把對破小說的煩惱連同其他的煩惱，全部用來對抗面前的這一位。

「又有哪兒不好！」

「你的日子過得太單調了！」他對著日曆搖頭，「你難道沒想過……」

「想什麼？」

「你該再有一個家，有個丈夫。」

「丈夫！」我又抖擻起精神，「我覺得我就夠當自己的丈夫啦！眞的。嘿！

我在這個小說裏還專門寫了一段！」

我不僅能演一個瀟灑的男人，而且，夠演一個好樣的丈夫！我絕對自信，能爲各種性格的好女人，演各種正好的好丈夫。我得承認，我不大懂一個男人要把女人勾上手時進攻的時機和分寸，我多半兒會挨一個寃枉的嘴巴。不過，沒有關係！我知道，一旦進入家庭這一幕之後，一個好丈夫應該怎樣表演，我看得見她所有沒有展示在我眼前的勞作和操心，我知道，我知道，我深深地知道！女人大發脾氣，死不吭聲，沒完不了地叨叨嘮嘮，莫名其妙地哭哭啼啼，甚至摔摔打打等等等等的毛病背後，想的是什麼，要的是什麼，我會安詳地對付這一切。

像霍夫曼一樣，我只需要一個應試的機會，需要一個新的故事！

「只是，到現在，我無論如何也編不好這個故事。」我對他可以坦白失敗的戰況。……也許，我應該把前邊寫下的廢話統統撕掉，重新開始?!

「你，現在還會哭嗎?」

他問，問得離奇。

「哭?」我想，放開頭腦裏的故事，認眞地想了又想，「好像，不會哭了。」

「我看也是。我說，你還能不能回到當初的故事去？我更願意爲當初的故事畫插圖，哪怕你這位女作家是所有作家裏對插圖最苛刻的！最難伺候的！哪怕費事！哪怕掙錢少！」

「我不太明白，爲什麼你這樣一個大男人，也要看那種小說？」我也點起一支烟。「你只需要我寫那種小說？我再試試看！」

「我看，你完了！」

我看著我的朋友，不知這個大大咧咧的人爲什麼一下子變得這麼認眞。

「你問我要看什麼，我很想問你，你自己現在是什麼感覺？我住在離你很遠的地方，不斷地收到你寄來的新稿子，有的時候，我眞的傻了，眞服了！一邊畫插圖，一邊樂，一邊想，這小子眞邪了門兒，怎麼想得出來！可是我一邊窮樂，一邊感到不安。你還痛苦嗎？還想不開嗎？還有那種撕心裂肺的感覺嗎？你自己說了，你連哭都不會了，你還記得怎麼哭嗎？」

我一動不動。

「我在你這住著，觀察你好多天了，我看你是，……你，你別生氣呀！」

「我？保證不。」

「我看你是個機器！」

「寫作機器？」

「不，就是機器，不停運轉的機器。還有，你別生氣，」

「保證不！」

「保證？」

「保證！」

「我看你是寫不出當初的故事了，我努力想找你現在可愛的、女性的地方，」

「結果呢？」

「結果，整個一個，機器！你別生氣呀！」

「你也別生氣呀，難道你不也是機器嗎？色情製造機！」

「那又怎麼樣？可我有爲我自己畫畫的時候！和你的一刻不停的忙碌比，我太有自己的時間了，剛來到這個城市，剛開始住在你這兒，我簡直以爲我是到其它星球了，後來，我發現不是我落後了，而是你活得有問題，我離你這麼近，也看不出，猜不出，有哪一個瞬間，你是爲你自己生活，是放鬆的，雖然你的房間佈置得很精心……」

「這房子是借的！馬上就到期了！我天天在愁房子！」我大喊起來。

他難以理解，這處布置精心的房子，正在把我逼向瘋狂。

「我理解，我理解，我畫那種畫養兒子，你拼命寫小說掙房子……」他頓時和氣得像個精神病大夫。

我想罵人，想扔東西，想了想，都沒有用。

突然之間我又興奮起來：

「假如，這個故事這樣開始呢？是一張徵婚啓示，我自己來動手描寫我自己，當然，性別是男的，你千萬要保密，千萬別說我不可愛，我絕對是個寶貝兒，是個會洗衣服，會做飯，能幹家務，能掙錢，瀟灑兼體貼，風流，却不惹外遇的，總之是一個一應俱全的標準丈夫，徵求一個帶房子的獨身女人！這個開頭怎麼樣？」

他不吭聲，他心裏一定在像齒輪咬合似地均勻有力地說：機器。

（還是太囉嗦了，小說和生活需要一種什麼樣的距離？）

我坐下來復信，粘信，然後，帶信，帶買菜的籃子，下樓，出門，按自己劃定的順序，又開始一個習慣了的小循環。在去郵局的路上，已看好回來的時候在哪個攤位上買那一樣菜。我吝嗇我的閒心。小販在鐵皮柵下的風中抄著手來回搖晃著身子：「一毛兩把。」「我只要一把。」「嘿，如今這一毛兩把的青蒜您上哪兒找去！我這是準備收攤了。」「我只要一把。一個人吃不完。」「一個人……」話留在身後。兩個西紅柿、兩根黃瓜、兩條萵苣，從不問季節和價格。「二兩涼粉。」

「二兩?!大姐，稱不出來喲。」

「吃不完呢。」

一的媽媽突然來的時候，我很緊張，我們坐下來喝茶，她打量房間，我發現她比我還緊張。我們要攤牌了。我想。

她喝了一口水，開口說：

「過幾天，要放寒假了，我想，和一，在你這兒住幾天，行嗎？我想讓她好好休息一下。」

「行！行！」

「可是，」她在看我的身後，我也看身後，身後是寫字臺，舖滿了稿紙和寫作必備的零碎。「可能要打擾你寫作。」

「哪裏！」

「眞的？」

「眞的不會打擾。再說，這是你的房子呀，你們來住一段，我也會打起精神來做做飯！」

我說得很鼓舞。眞也大大鬆了口氣。

「一，好嗎？那個學校怎麼樣？」

「學校還不錯，可我眞是拿不定主意。」

「你又要換學校?!」

「不是，她爸爸又來電話，說要接她去玩一天。你說，叫不叫她去呢？去吧，我一天一天的努力，掙命似的，一下子就抹光了。上次她從他那兒回來，就說：『爲什麼人家都有爸爸，我沒有？我要爸爸！』……後來，總是我一個人去幼兒園接她，然後，一個人送她去學校，接她，天天是一個人。我想來想去，我就是不同意一去他那兒玩，我也是有道理的！離婚的時候，勉勉强强，他才同意負擔一的生活費，一個月，只有十五塊……」

「十五塊！」

「就這樣，還得我去要，我眞不想要了！」

「要！哪怕十五塊你也得要！他必須負擔！」

我的口氣稱得上惡毒。一的媽媽回答也很堅決。

「當然。上次，他叫一把錢帶回來的，還說：告訴你媽媽，寫個收據來。你說，我是該對一簡單地說：這個爸爸壞！忘掉這個爸爸！還是跟她細細地說，把問題說得客觀一些，說爸爸有了新的家，新的感情。不！不行，這種話，她不懂，說爸爸又有了新孩子，這個，她看見了，是那個女人原來的孩子，說爸爸跟媽媽一樣多的工資，但是爸爸還要負擔另外一個孩子了，但是媽媽……不，不，我得把這些收到的錢都寫下字據，不交給他，都留著，叫一長大了以後看，這就是你要的爸爸！」

「那麼，再結婚吧，一就有爸爸了。」

「跟誰結婚呢？」

她看看我，我看看她。

「……一，受到影響了嗎？」

「就是不知道呀！我總在猜，猜不出來。我小時候沒遇到過這種事，想像不出小孩子的心理發育到這個階段，碰上這種情況，會出現什麼變化。報上說……你是作家，你想像她會怎麼想？」

我認眞地想像了好一會兒，想像不出來。

我們小的時候都沒遇到過這種事！沒有經驗可以指引我們的理解，當然，那是我們的幸運?!我趕緊又想。

「無論如何，一是一個好孩子，不是因爲我是她的媽媽，才這麼說。我絕不能叫她成長得不好。」

她看著白牆，聲音平靜，神態安詳。

一，我只見過幾面，的確是個好孩子的樣子。非常、非常單純，長得像她的名字。單純的眼睛，單純的鼻子，單純的嘴，短短的頭髮，沒有一點點多餘的不和諧的地方。

「你們快來吧！」

寒假只有四個星期，三個星期已經快過完了，不知爲什麼，一和她的媽媽並沒有來。

我提著菜走近樓的時候，習慣地向上仰望。只有那極少數的日子，出門辦事，晚上回來，仰頭看樓，頂層這個窗口，預先有燈光。無論如何，那都是越走近越感覺到的溫暖。不會一個人吃晚飯！

我開始炒菜。把所有買來的菜都洗了，切了，都炒了。這也已經「編成程序」。每一次，我做好一堆菜，放在冰箱裏，一頓、一頓吃著燴在一起的菜。只有這樣最合理。因爲這間廚房的油烟散不出去，卽便把紗窗打開也不行，卽便關死廚房的門，油烟味兒也會竄入臥室。卽便如此，還是關死廚房的門，於是，封在廚房裏炒菜的時候，就像在救火現場似地瞇著眼。瞇著眼，想：「應該裝一個排風扇。」該搬走了，還在依著慣性實實在在地設想。一的媽媽說過，有個生產廚房用品的廠家拉廣告，辦公室裏，人人都買了個比市場價格便宜一點兒的排風扇，她也買了一個，不知道怎麼安裝，也沒有時間去拿，還寄放在幫助提貨的朋友家。我打量鋼窗，考慮是不是該裁掉一塊玻璃……在油烟中轉來轉去，忙著拿鹽，顚著炒鍋，突然，感覺有人在廚房門外的玻璃那兒默默地看著我，我回過頭，當然，玻璃外邊什麼也沒有。什麼，也沒有。

一個人，坐在過道角落裏的餐桌邊，坐在唯一的椅子上。

趕快打開餐桌上的那盞燈。

燈是長方形的，乳白色，原先是人家大門上的壁燈，燈罩們都被打破了，燈都已經不亮了。一個晚上，一伙朋友路過那大門，選了一個破得最少的，偸下來，順手，塞到我這兒。懷著竊贓的興奮，却不知它有什麼用處。一個人吃飯沒有滋味，我漸漸發現，和光線太昏暗有關。過道頂部的燈，照不亮這個角落。於是，在那破燈罩裏放一個燈泡，自然，連一個開關和電源線，將人家廢置的裝飾，擺在這個角落。這燈罩頂有一個破洞，還有一道直貫下來的裂紋，似乎隨時會破碎，總也沒有破碎。每當打開這燈，透過乳白色的玻璃散射的柔光，直穿破洞向上竄的一束强光，和裂紋中逼出的一線明光，都使這一小片地方頓添得意洋洋！

唯一的椅子，使我面對牆壁。壁上，有一幅掛曆。水泥預制板的牆無法釘釘子，我用一根尼龍繩，從天花板那兒的暖氣管道上垂下來，懸住那掛曆。掛曆乾乾淨淨，沒有任何安排的筆迹，我把它當作一種裝飾品，一頁頁上印著世界古典名畫，爲一片金色的華貴，常常忘記按月翻頁。

燈光，映著白色的印花桌布，映著桌布上一碟、一碟菜，映著菜盤邊一個個圓圓的花草墊的邊。我已經如此習慣，永遠也不習慣（！）的孤獨，在這個時刻，總是格外地逼近！

呆呆地坐著，無心，只看定眼前的日曆上，任意的一行。

六點半到了，我打開電視，看中央電視臺每個星期日播的迪斯尼的「米老鼠」。除了每天晚上的電視新聞，我只看這一個節目，每個星期半小時。

門，又輕輕敲響了。

只敲了幾下，然後，鑰匙開門的聲音和一個孩子歡天喜地的尖音，同時竄入！

這一回，眞是一和她的媽媽來了。一連外套也來不及脫，帶著一身、一臉的冰涼，擠在我身邊，目不轉睛地看「米老鼠」，立刻咯咯地自個兒笑起來。

我們重新開始在廚房裏做晚飯，自然聊著天，廚房塞兩個人，小，顯得熱鬧，聊得也挺緊湊，心裏頭，我在彌補著莫名其妙的不平衡感，而且，的確也不太明白：「你們怎麼總也不來呢？」

「唉，天天總有事！天天到處跑。再有一個星期，一就又該上學了，我想，無論如何也得叫她休息一下了，寒假作業也沒做呢！一倒是天天說，要到漂亮的阿姨這兒來……」

「我？漂亮?!」

「你的房子最漂亮！」

一跳進厨房，又跑出去，一蹦一蹦地搆著吊在客廳門上的一串小鈴，馬上，又爬到椅子上去摸摸那根美國滑雪桿。

「一，別亂動阿姨的東西！」媽媽朝厨房外邊叫。

「一，記住！除了我的桌子你千萬別動，這兒的一切你隨便玩。」我手裏忙著，也朝厨房外邊叫。

「……昨天我們又沒掛上口腔醫院的號！」一的媽媽放著鹽說，「這個星期無論如何要解決她的牙的問題，要不，又是一個學期！」

「是去補牙，還是校形？」

「補牙。」

「她在換牙吧？何必補呢。」

「是六齡童齒第二磨牙。」

「嚯！你眞夠專業的！」

「唉，過去我哪兒懂呀，有了孩子，你就老得看書啦。你看我這個牙，我小時候媽媽要是有心校正一下，女兒也不會笑我了。」一的媽媽往桌上端著菜。

「嘻嘻，瞧你的牙！」

一趴在餐桌旁，指著媽媽笑。

「嘿，你竟敢說媽媽呀！」

我們開始分配座位。不用把桌子拉出來，兩個女人，一個小孩子，這個角落，可以坐下，只要加椅子，分著筷子，盛著飯，一的媽媽還在數落：「這個星期要做完寒假作業，還要練鋼琴，今天去回課，老師都發現你根本沒好好練！可惜你這兒沒有鋼琴，我還得帶她去找個有鋼琴的朋友，再不練，又退步了！」

「我看你自個兒的鋼琴水平倒長勁了吧。我記得，你小時候不是也學過嗎？」

「全完啦，力度、速度都跟不上了。」

「我跟得上！」

一坐在位子上自信地晃著短頭髮。嘴裏叼著空筷子。

「一，大人吃飯也說話，小孩只管吃飯，懂嗎?」

我的職業畢竟使我領悟處境的能力比較快，既然她媽媽很有時刻不忘教育的味道，我也得盡量跟上她的節奏。

一盞燈照著冒熱氣的三盤菜，三只碗，三個人。客廳裏的音樂飄過來。

「一，阿姨這兒好不好?」

「嗯，好!」

「一是媽媽的小尾巴，媽媽要是累死了……」

「不!不死嘛!」

「萬一死了，你就跟漂亮的阿姨過吧。」

「嗯……不，我跟大姨過，那兒有康康。」

「康康不是打過你嗎?」

「那，我跟大舅過。」

「大舅的方方太傻了。」

「我能打他！」

「咱們跟阿姨過吧。阿姨是一個人，媽媽也一個人，你也一個人。」

「那，阿姨不就成爸爸了嗎？」

「天呢！」我心裏說。嘴上却說：「嘿，你好複雜呀！」

「複雜的反義詞是什麼來著？」

這位媽媽眞是時刻不忘教育！

「是……」

「你眞是！一，反義詞就是意思相反的詞。懂嗎？」我還得幫著教育，才是大人的模樣。

「是，是，是……」

「想不出來吧？是呀，她才一年級呀！」

「是——容易！」

「嗯，不錯。更正確的，是，簡單。」

「你好好記住，阿姨是作家。」

「你會寫複雜的『複』字嗎？」

「她只會拼音！」

「會！不就是父親的『父』字嗎！」

「什麼呀！她呀，不分的。」

「可是，可是，」一突然說，「爸爸是有鬍子的呀！」

「爸爸也可以刮去鬍子呀！」

「那，我叫你爸爸吧。」

我看著一。

一看著我。

「爸爸……」

她聲音很小，很眞。

我又看看一。

應該和一的媽媽對好教育的口徑？可是關在同一套房間裏，不合適背著孩子說悄悄話。

一塊兒洗完碗，一的媽媽忙著什麼，我把一叫過來。

「坐下，你知道，爸爸應該是什麼樣？」

「爸爸……」她想了想，大聲說：

「爸爸吸烟！看電視！」

哈，太絕了！我笑得要命。一瞪著眼，不知她說了什麼。我覺得實在有必要記下孩子的「語錄」，因爲安眠藥，我不太相信我的記憶力。但我目前還得端著教育者的身份。

「我吸烟嗎？也不允許你多看電視，除了『米老鼠』。」因爲我立刻想到，中國、外國的報紙上老在說，看電視對兒童教育的不良影響。

「那你說，爸爸是什麼樣？」

「做一個爸爸呀，第一要對媽媽好，第二要對孩子好，第三要努力掙錢，叫媽媽和孩子過得好。」

「我媽媽說，她是媽媽，也是爸爸。」

「還有，當爸爸不能哭。」

「那，我寧願當媽媽。」

「爲什麼？」

「當媽媽容易呀！」

「聽著，還有，當爸爸要勇敢，要保護媽媽和孩子，不讓壞人欺負你！」

「你會打架嗎？阿姨？」

「會的，我還能教你打！」

「我也會打！那，我不也成爸爸啦！我就是我媽媽的爸爸！」

「聽著，好好坐在那兒聽我說！」跟小孩兒繞來繞去，我無非是要想辦法談一談那十五塊錢的贍養費，「當爸爸，最最重要的，是要有責任感……」

「……你們在瞎說些什麼？」的媽媽不知在厨房忙什麼，邊忙邊笑，「她哪懂什麼叫責任感呢！」

現在我絕不放棄教育。

「比如，你叫我爸爸，我就要說話算數！」

「怎麼叫算數呢？」

「說的，一定要做到。爸爸可要比媽媽要求你更嚴格！」

「對了，爸爸是要求嚴格的，」的媽媽端了兩小碗煮紅棗，放好了小勺，分給我和一，一人一碗。「你不說媽媽總慣著你嗎？」

「好哇！」我翹起二郎腿，吃著棗，「你自己不好的時候，還敢說是媽媽慣的！眞太不像話了！我可不慣著你。」

「那你怎麼辦呢？」

一很認眞地問。

「我？我會打你屁股，不過，一定是你錯的時候，要是我錯了，我就不打，我會向你道歉。」

我大概很像電影裏的人物！

「……我爸爸打我，我沒有錯……」

「我保證不會！」

「爸爸！」

「嗳！」

我很認眞地答應了。非常自滿！

「爸爸！爸爸！」

「幹什麼？」

「我出個謎語你猜一猜！」

老天爺！我剛當上爸爸就叫我猜謎語！小孩子是不是都有點精怪?!你哪怕要胳肢我，要拿我當馬騎，也不能叫我猜謎語。從小到大，我最最害怕的事，就是猜謎語，在猜謎語方面，我其笨無比，幾乎沒有一個謎語能猜對。在這方面，我極其自卑，自卑到我幾乎忘記，這一刻才想起，這可能是我最大的自卑的地方，從小到大，凡是玩有獎遊戲，到了猜謎語的地方，我立刻遠遠繞開。這眞太滑稽了，我剛剛樹立的爸爸的形象，立刻就得完蛋。不過，還是硬了硬頭皮：

「說吧，什麼謎語?」

「好好聽呀！」

「嗯。」

「一豎，一邊一點。」

「嗯，是，是卜卦的『卜』吧?」

「卜卦是什麼?」

「卜卦?那是萝卜❶的『卜』吧?」

❶ 萝卜，爲蘿蔔之簡寫字體。

「對啦！」

嘿！天呢！對啦！

「再猜一個！」

「行啦，一天只能猜一個謎語。爸爸要幹活兒。」

我和一的媽媽鋪床。她們睡臥室，我睡客廳沙發。一的媽媽對一吩咐：

「明天，你和爸爸在家，爸爸是坐在家裏工作的，媽媽去辦公室。」

明天？我該去開會？還有一張戲票……算了。

我更像那麼回事：

「明天，你要做些什麼，現在就想好。做寒假作業，對嗎？還有，看書。眞可惜，我這裏一本小孩子的書都沒有！」

眞的，怎麼一面牆壁塞滿了的都是字書！枕頭邊、床頭櫃、廁所，也都是字書！我突然才發現。

「沒關係，明天我帶些白紙回來，一可以畫畫。」

「紙！紙我有的是！各種紙都有，我還有彩筆呢！」他留下的。「好啦，就這樣，明天早上起來，做作業、畫畫兒，中午，我們去發信，買菜。對了，你早上吃什麼？她早上吃什麼呀？因爲我向來不吃早飯，沒準備。」

「她喝牛奶，吃一個鷄蛋，我已經帶了花捲來。」

「鷄蛋冰箱裏有，牛奶嘛，明天早上先用奶粉代替。中午咱們去找哪兒買鮮牛奶。」

「你呀，一定要改改不吃早飯的習慣，對身體不好。好了，一，明天早上你可以睡個大懶覺啦，媽媽呢，明天在辦公室睡個小懶覺。你知道，我每天下午在辦公室桌上趴一會兒，要不然，擠不動車。好了，現在咱們睡覺，叫『爸爸』工作。」

「爸爸，晚安！」

「晚安！」

她很有教養。我也很有派頭。

「不過，」一突然說，「明天早上，你最好畫上鬍子！」

我關上是客廳又是書房現在又是臥室的門，打開檯燈，坐下來寫作。我先在廢紙片上寫下明天中午要買的菜們。還有，特別勾出，明天早上，要給孩子喝牛奶——奶粉。明天傍晚，我一定要先做好晚飯。這也寫在紙上。習慣了。

當她回來的時候，桌上應該有正好炒好的菜，顏色要配得漂亮，要有一個冒熱氣的湯，桌上的燈，當然要打開，我還應該先燒好一點洗臉水，溫度恰好……只是，我忘了問問她，她幾點下班，下班擠車到這兒，要花多長時間？

很久，很久了，我的天性，我的習慣！

沒有人需要我給。需要的，我不想給，我想給的，給不到……我想聽音樂，但她們在睡覺。我戴耳機，並且點起烟，一支接一支。我還在撕和改我如何扮男人、演丈夫的段落。

沒想到，我扮演了一個爸爸的角色！

星期一

我像平常一樣，睡得很晚，因爲惦記著我臨時的角色，已經比平常起得早了許多。八點。對我來說，幾乎不可思議。

整個屋子裏都很安靜，睜著眼躺在那兒，想一睡懶覺的模樣。

推開臥室門，她正趴在床頭櫃上，做寒假作業。我感到有點慚愧。

「餓了嗎？一。」

「有一點兒。」

「好，我們吃早飯。」

餐桌上，放著一只搪瓷小碗，這碗，不是我這裏的，一定是她媽媽帶來的。碗裏有兩個鷄蛋，煮熟了，並且，剝了皮，白白嫩嫩地並排著。

她是不是在勸告我：你要改改習慣！

她自己呢？

天天六點鐘起床，去遙遠的地方上班，眞也是不可思議！不知道她來得及來不及也給自己煮一個、剝一個鷄蛋吃？

我審視了一會兒垃圾桶，數不出裏邊有幾個鷄蛋殼。

除了不吃早飯，不早起，我還有個習慣，忘記跟一的媽媽說，早上我不願意說話，一句話也不願意說，怕精神不夠，喝一杯咖啡，坐下來就寫，寫到餓得難受才停手。有了一，有了已經煮好、剝了皮的鷄蛋，我也只好跟著吃早飯。

一喝著冲的奶粉，我燒著開水，同時，清洗夜裏的烟灰碟。

我淘好中午的米。

她還在喝牛奶。

我摘好、洗好、切好中午的菜。

她還在喝牛奶。

她終於說：

「我吃不下了。」

剩了一小塊花捲在盤子中。

「牛奶呢？」

「嗯……可以吧。」

我濕著手吃下那塊花捲，洗了那盤子，濕著手，在廢稿紙上飛快寫下一行字：

媽媽們是不是都是這麼吃飽了，甚至吃胖了？

當然，一的媽媽還是那麼瘦，那麼小巧。一走開了，留下沾著奶迹的空碗。是不是要叫她洗？起碼，培養她把碗放在水池子裏的習慣？教育，得慢慢來——我居然越來越多教育她的自覺性！對於她來說，現在那水池子畢竟還是太高了一些。

坐下來寫作之前，我得先把拼起來當床的沙發挨個推回去，擺好，把被子、枕頭全都放進臥室，使白天有一點白天的樣子。何況可能有什麼客人來。也許，他，會來?!

「你吸烟呀！爸爸！」

「嗯。」我儘可能不說話。

她跪在茶几邊，用豎起來的打火機做底座，放上不銹鋼的烟灰碟，再豎一盒香烟在上面。它們倒下來，她又豎起來。她反覆玩這個把戲，我想叫她幹點兒活。拿被子？太沉。枕頭？可以，不過，預先想想，準是從這屋扔到那屋，還得我收拾。有動嘴的時候，我們就一定都默默地一件、一件，一年、一年地自己做了，做好了。孩子沒有看見。我們也曾經沒有看見！清晨，總有靈感！

把被子和枕頭一起抱進臥室，才看到她們的床沒有疊。她的小被子翻著，毛毯完全堆在媽媽睡的那邊。

「一！你會不會疊被子？」我忍不住了。

「會！」她立刻爬到床上，只疊自己的被子。疊完了，還需要我重新疊一遍。

「在家裏媽媽教過的吧？」我耐心問。

「在家？我們從來不疊被子。」

「不疊?!」

「早上我們起得好早，急急忙忙吃了飯就去擠公共汽車，晚上回來就該睡覺了，被子老是一個樣子的……」

我坐下來的時候，順便，跟她打個招呼：

「爸爸要幹活兒了，你繼續寫你的寒假作業吧。」

「寫完了。」

「啊?!那你幹什麼?」

「不知道。」

「你畫畫兒吧。」

「你這兒沒有小人書，沒有能照著畫的呀。」

「隨便畫呀！」

「不會。」

這個早上已經過去一個小時了，我還一個字沒寫，才過了一個小時！我掃了一遍，想了一遍我的全部東西，可以給這個一年級小學生玩半天的東西，竟然沒有！……電視?!不，我決定還是堅持我的教育原則，何況，電視就放在我的寫字臺旁邊！我有主意了！

「一，把你的語文課本拿來！」

一年級的課本，肯定有許多看圖識字的畫來鼓勵孩子！果然。

好吧，我就再扔掉十分鐘！

我選了一張複雜的畫，故意把它畫得更加複雜。是一個剛打開蓋子的童話盒子，盒子裏同時飛出仙女、獅子、狗、小老頭兒、小男孩兒、花、蝴蝶、鳥以及一羣老鼠…… 「天上」還加了一個飛著的小姑娘！這些足夠她忙活一陣子了吧?!

「你要非常仔細地給它們塗上不同的顏色，這是十二種顏色筆，這些顏色還是不夠的，你要想想辦法。去吧！」

我撕掉三個開頭，又換了一個開頭的方式，剛落筆，她回來了。

看看錶，才過了十分鐘。再看畫，我叫起來：

「老天爺，你塗得也太不認眞了！」

她心不在焉地看著別處。

「對啦，六樓有個男孩子，中午，我去買菜，你不必去了，風太大了，你去那兒跟他玩一會兒。」

「他有跳棋嗎？」

我看見過那個男孩子下象棋來著。不過，中午我可以給她買一副跳棋。現在，沒跳棋，我也不知道那個已經下象棋的男孩子跟她這個下跳棋的有沒有話說！我又沒和人家打過招呼，立刻去給他們倆做介紹人，一定要費許多話。我還是只好先拿自己的畫對付她。

「你看，你看，你有多少地方沒有塗上顏色呀！太不仔細了，而且，顏色也塗得太簡單啦。」

「我說了我不會嘛。」

「可以想像呀！你拿筆來，我來塗給你看……」不必給她講三原色的道理，到了一定的時候，學校那地方，自然要教她，只是，我們的學校絕對不教孩子隨便亂畫，不鼓勵自由地想像！我在法國翻譯我的書的一個女朋友家，看她孩子畫媽媽的裸體，橘黃色的身子，大大的乳房，鮮紅的乳頭，像櫻桃，太大了，但小孩子眼裏筆下的媽媽就是那樣子，那媽媽把畫掛在牆上，美得不得了。要是我們的老師看見，一定魂飛魄散，把家長找到學校談話……當然，我不必把一教育得那麼「複雜」。

「你看，這樣，這樣，怎麼樣？」

「嗯，好看多了。」

她背著手評價。

嘿！到底是她玩還是我玩呀?!我決定投降，叫她看電視。我戴上耳機，把自己包在搖滾樂裏，繼續寫。

「……我想喝水。」

我聽著音樂，居然聽見了！

「喝哪種水？」

「嗯……」

她認眞，我也怪認眞。我有茶，有咖啡，有啤酒，都不是小孩子喝的東西。

「可樂，好嗎？」

「好。」

「涼的，行嗎？」

「行。」

然後，我又戴上耳機，繼續寫，但是，已快到做午飯的時間了。有孩子，你必須按時吃飯。而且，我還得出門買晚上的菜，發一大把信。一也興奮起來，因爲可以去「約會」！

我給她穿好衣服，走到電梯間，一按鈕，不亮，電梯又壞了！我們在十五層，那個男孩子在六層！

「現在怎麼辦呢？只好你在家等我。再說，外邊風太大了。」

「你一定要快點兒回來！我害怕。」

「我一定飛快！」

我眞是飛快！飛快地按照預先寫好在廢紙片上的，在各個櫃頭、各個商店、自由市場的一個一個小攤上，抓了東西就跑。我買了牛奶。我這才知道一件最簡單的事實，牛奶已經遍地都是，不是非要月初去什麼地方預訂，那年頭已經過去了。在乳品店，隨時可以買到塑膠袋的牛奶，牛奶也進步得可以不用永不改變模樣的那種瓶子盛了！我注意過報紙上的一條消息，知道牛奶供應的緊張由於國內生產和國外援助結合，有所緩解；每天傍晚，我都會因爲下樓取報紙在電梯裏和提著小籃兒去什麼地方取牛奶的老人、小孩兒擠在一起，原來我還是連牛奶都不知道！天天用速溶奶粉對咖啡！我還買了一瓶桔子汁。小孩子要喝這玩意兒。我學習做爸爸，學習得極快，我看見她媽媽立刻在床頭櫃上擺開一大溜兒小藥瓶：維生素A、B、C、D、E，還有蜂王漿……。

我並且知道了，牛奶是二毛四一袋。桔子汁，大的，一塊五？給完錢，又忘記了。不過，飛快地往回趕著，我飛快地計算起來：一個這麼大的孩子，每天一袋牛奶，一個月，二四乘三〇，是七塊二；桔子汁，幾瓶？還不知道，鷄蛋，早上吃一個，定量幾個？她媽媽沒告訴我書上是怎麼「指導」的，她的規定，我記得是兩個。六十個鷄蛋，在自由市場買，大約，十斤，最少，二十塊錢。當然她不會去那兒買，儘管那兒不要本兒，方便。好了，現在，七塊二加二十塊的一半，十塊，再加就算兩瓶桔子汁，就算三塊，已過二十的整數。這個孩子還沒有吃一口飯，一口菜呢！我飛快地「抓」了油菜、黃瓜、西紅柿，忽也想起問問價錢，多天，油菜，一斤四毛。我們每天起碼也要吃下一斤起碼四毛的油菜，當然，不能算在孩子頭上。一個要帶飯到學校去的孩子，飯量再小，大約也得吃下去十五塊？再有兩塊錢的學生月票去上學，書本費、學費，又得二十塊。這是四十了。一說，老師說，班上又要交五分去幹什麼，這點零錢……我還根本沒有計算這個孩子要吃的零食，要有的娛樂，電影票、日益漲著價的公園門票；電影票，還得加上媽媽的……要穿衣服！我們小時候，誰不眼巴巴、心癢癢地盯著新衣服！只是不敢說，教育我們不要伸手要東西。我們就不敢。現在我們又何嘗不眼巴巴地看著人家的漂亮衣服，只是沒地方穿，也沒人值得你穿，跟誰去撒嬌，手指著：「我想要那個！」小時候不敢，大了，沒有機會……我還沒有加上每月給鋼琴老師的二十元。還有玩具呢！玩具是最貴、最不經玩的！一個孩子，一個月，起碼要七、八十塊！我驚得幾乎站住了。

……算算人家的帳也不錯，走著，我覺得天空也和我有關……

我忽然想起算算我的基本生活費用。我定四份報紙，每月六塊？我起碼要去公共浴池洗十次澡，一次六毛，一月六塊。我也買張城郊全包括的成人月票，五塊，我要理髮——孩子去理髮店嗎?理髮是我最大的奢侈，第一流店，剪頭四塊，燙了剪，十七塊。我借住的這個公寓，每月房租水電，二十五塊左右。吃飯?我仍然像一個學生，常吃麵條，從來不下飯館，除非爲了應酬，有時會來人吃飯，極少，但，每天也要兩個鷄蛋，也要肉和素菜，起碼、起碼，四十塊!我要記住，報紙六塊、洗澡六塊，十二塊；加月票，十七塊；理髮，按平均，十塊，二十七塊；房租再加二十五塊，五十二塊；吃飯，九十塊打不住了!這樣，我還沒算我寫作要喝濃茶，早上只要一勺奶粉和咖啡和糖，我更沒算到買書!!一本大工具書就去了一個月工資；訂雜誌，買郵票，打電話，打市內電話能得心臟病，我寧願寫信，每天扔幾封到十幾封信……這些成年人的友誼、交際、基本生存爲了說不出的掛念和默默交談織的網……更沒有算衣服!我的工資原來根本不夠我的基本開銷?!我以爲在我的付出和獲得上，我已經是非常節省了，一的媽媽肯定比我更節省，但她花在女兒身上的心思也能用錢算一算。她的工資和我差不多，並且，沒有任何其他來源，一個女人，一份工資，勉強養自己，怎麼再養多出來的一個孩子?這是一個眞實的、平凡的、奇蹟!

謝天謝地，一睡午覺!正好，我是必須睡午覺的。她仍然睡臥室，我仍然睡沙發，不拚了，湊合一下。起來的時候，我發現非常棒——她居然還在睡!

我終於坐下來！終於開始寫一個開頭！

……

「我要喝水。」

「桔子水好嗎？」

「好！」

「加熱水行嗎？」

「行。」

明天，要爲她備一點兒喝桔子水摻的涼開水。像家長一樣處處想到孩子的冷暖，像家長一樣默默幹自己的活兒。還要像個現代家長，不要時時刻刻什麼事兒都管得緊緊。

我又繼續寫。

什麼時候，我發覺，一，就站在我的身邊，翻著我的寫作工具之一：字典。

看字典！這孩子，是不是寂寞到家了！

我眞不知道該怎麼對待孩子。

「你想查什麼字嗎？」我有點兒討好地問。

「查『對』。」

「在，在這兒，這兒。」我趕快地。

「噢。嗯……我再看電視行嗎?」

「行!行!行!行!行!」

下午的電視，全是成人教育。

「我幹什麼呀!」

一委屈地嚷。

我也同樣委屈地想跟她一齊嚷。

眞的，還有什麼可以逗她玩，又不就誤我的活兒的呢?我掃了客廳一眼——

「勞駕，你幫我整一整這些沙發上的書吧，摞在一起就成，再把報紙也摞成一摞，再把紙們摞成一摞。都摞整齊了呀!」

「好的!」

我明明知道她是白幹。我還得把書分開，還得剪其中一些報紙資料。不過，這起碼可以打發掉半個小時。小孩子幹起活兒來，都很賣力，很專心，特別是給別人家幹活的時候。

我想起我小的時候。我趴在椅背上，看她用小手把廢紙捋平，摞在另一張廢紙上，再摞上一張，她很仔細地把它們摞得很整齊，用手指推推這邊，又扯扯那邊……一點溫存的東西升起來。我突然想起來，我不能光看著她，我得幹我的。

「……有一個這個。」

她遞過來一張名片。

是他的。印著已經作廢的通訊地址。

一正跪在地毯上，很努力地把書吭吭吃吃地搬來搬去。

「一，你知道這叫什麼？」

「我知道！我爸爸給過我一張。」

「給你做什麼？」

「叫我給他打電話。」

「你打了嗎！」

「才不打呢。」

「爲什麼？」

「他不好。」

「他不是接你去玩了嗎?他家好嗎?」

「比你的好。」

「怎麼好?」

「你有的,他都有,他還有錄相機呢!」

「這就是好?!哼,他有鋼琴嗎?」

「也沒有。嗯,他們有個小男孩兒呢,上次我沒看見,小男孩兒的媽媽,我也沒看見。」

「他們一定是躲起來啦。」

我用了孩子式的語言,心裏明明有一點挑撥。

「我說,爸爸,你爲什麼老不管我?」

「他怎麼說?」

「他說,爸爸要上班。我說,那別人的爸爸也要上班呀!」

「他呢?他就走開了?」

「沒有。他不說話。」頓了頓,「他不喜歡我。」

「怎麼叫喜歡你呢?」

「接我回家。送我上學。」

一，坐在藍底襯著玫瑰紅加橙黃的大塊圖案的地毯中間，西窗的夕陽從她背後灑入，一個完整的亮晶晶的金邊罩著她，同時，溜出一個細細的小影子。

不由得你不看看這孩子。而且，我好喜歡和她說話。我的世界和她的世界，差距太大！我和各種各樣的人打交道，嬉笑怒罵，十八般武藝，全憑著心氣撐著，我採訪過那麼多人，多到我都累了，累得一聽人傾訴自己就反射性的緊張。跟一說話，我有表演，有狡黠，但都是完全不用動腦子的自然地滑入角色，比角色更出色！更自然，自然到，連人和人刻意追求、渴望交談的目的是「眞正交流」都不存在！眞是奇妙……

「一，你媽媽每天中午到學校給你送什麼飯呢?」

「一個菜。有時還有一個湯。」一還在吭吭吃吃幹派給她的活。

「湯?湯會撒的呀!」

「不會，從來沒有撒過。」

「用什麼特殊的東西盛的?」

「有，有兩個，兩個……」

「耳朵？」

「不是。」

「把兒？」

「不是。」

「我不信湯不撒。」

「眞的！我看見湯是沒有撒呀！」

「那你在哪兒吃午飯？教室嗎？」

「教室不讓。在大禮堂裏。」

「很多孩子嗎？」

「不，只有幾個。」

門響，開門了，一的媽媽回來了，我看看錶，看看窗外的天，竟然到傍晚了！

「害得你今天都沒寫成東西吧？」一的媽媽一邊放提包，一邊換拖鞋。

「還好，一一給你媽媽看看你的畫。」

「眞不錯！」她媽媽摘著頭巾驚呼，「是你畫的嗎？」

「爸爸畫的，我塗的顏色！」

「好極了！」媽媽讚不絕口，「等開學的時候，就拿這張畫去交寒假作業吧，老師非嚇一跳不可。」

我和一用透明膠紙把畫貼在臥室裏大床對面的組合櫃上。那張紙上，擁擠下水平不高的合作的幻想，但我們都被一的媽媽的快樂更加鼓舞起來。我笑著：

「老師呀，老師倒不會嚇一跳，老師會說：一，求求你，請你教我畫畫兒好不好？」

「哈哈！老師求我教畫畫兒！老師求我教畫畫兒！……眞可惜，你是個女的，不然你當爸爸，太不錯了！」

「一，你別老瞎叫，以後到我辦公室裏去玩，說有了個爸爸，非亂套不可。」一的媽媽趕緊警告。

「一，」

「嗯？」

「千萬不要亂說呀！」我也跟著警告。

「嗯！」

「好，去洗手。」

「她保不住密的，她沒有秘密，」一的媽媽微笑著嘆息。「她在幼兒園的時候，趴在一個小朋友耳邊說，我告訴你一個秘密，我爸爸、媽媽離婚了。又趴在另一個小朋友耳邊說，我爸爸、媽媽離婚了，這是秘密的！連老師都知道了。我去接她的時候，老師用那種很可憐的眼光看我，我還挺奇怪，以爲一生病了……」

我們坐下來吃晚飯。

「今天看我們能不能一齊吃完飯。我們可以等你一下，這是手錶，半個小時吃完碗裏的飯……今天我問一怎麼送湯不會撒，你用什麼東西盛的湯？」

「就是一個日本式的飯盒。放在自行車前頭的筐裏，其實還是要撒的，怎麼都得撒。」

撒掉的湯，女兒永遠看不見。

我在心裏寫了一行字。

「……我每回是頭一天晚上把第二天中午的菜做好，帶到辦公室，快中午了，再到附近熟人家熱一熱，有空兒，就再做一個湯。前一段，我和那幾個也送飯的爸爸、媽媽『串聯』了一下，打算輪流送，幾個人倒著班兒，今天你送，明天我送……」

「學校根本不管？」

「學校管，等到三年級以上，學校就管中午飯了。」

「這眞是不合邏輯！大孩子可以自立，應該管小孩子！」

「小孩子要是萬一吃病了，怎麼辦？學校也是好意，沒關係，我看了，那些集體吃飯的孩子，老師們穿著白大褂，快了，再堅持一年半……」

「那麼遠，你騎自行車，一怎麼辦？」

「我帶著一先鑽胡同，在那兒不會碰上交通警察，到公共汽車站，送她上車，我再騎車跟著車跑，萬一看不見車，我跟一說好了，過馬路的時候，你一定緊緊跟住任何一個大人。我那天追到那兒一瞧，一正緊緊貼著人家，弄得人家莫名其妙。一，咱們現在擠車特別油兒吧？」

「油兒極了！」

「每天早上你們幾點起床？」

「我六點起，一，六點一刻起，我要做早飯，一自己穿衣服、洗臉、刷牙，然後，向我報告：都做完了。

六點一刻，冬天，天還是黑的！風呢……

「一起得來嗎？要耍賴吧？」

「那呀，我一動，她就醒了，再輕，也醒了，還老怨我：『快點！快點！人家要遲到了！』一就是有時候和媽媽不好好說話……」

「一，一會兒，吃完飯，你給我寫幾個字留著，哎呀，你會寫嗎？」

「看什麼字。」

「對媽媽好。」

「對、媽、媽、好……」

「會吧？對了，你下午不是還查了字典裏的『對』字嗎？」

「嗯，會寫。」一滿嘴是飯。

「前邊還應該有兩個字：保證，保證對媽媽好。」

「『保』怎麼寫？」

「我教你。將來你要是對你媽媽不好，咱們就拿著這個上法院！」

「她知道什麼叫法院?!快吃，一會兒又涼了。一對我挺好，是嗎？那天我下班回家，果得躺在沙發上，她給我寫了字。」

「不許說！不許說呀！」

「不許說？」

「不許說！媽媽，這是咱們倆的秘密。」

「秘密？只告訴我一個人，我保證不傳出去！保證！」

「那，媽媽，你說吧。」

「你自己說呀。」

「我不說。」她聲音小，很固執。

「她寫：媽媽，你辛苦了，我好好對你。『辛苦』和『對』，用了拼音。」

「是這樣寫的？」

「嗯!!」

「好，現在，這是咱們三個人的秘密，我保證不傳！」

一的媽媽在臥室鋪床。一提著褲子從廁所出來，我拿著煙準備進我的書房兼睡房。

「一，晚安。」

一在我背後說：

「你這個爸爸還不錯！」

「怎麼不錯？」我在狹窄的過道裏停下來。

「不知道。」

「不知道？」

「說不出來。」

「對，眞不錯的，都是說不出來的。」

「爸爸。」

一的誠懇，只有我一個人領會。

「噯。」

我也很誠懇。

「不過，一，當一天爸爸是很容易的，當一輩子可太難了。你知道一輩子是多少天嗎？」

「是，是一萬天吧。晚安，爸爸！」

一萬天?!我坐在桌前，眞的拉過一張廢稿紙算了算，365天×30年，差不多眞是一萬天！

一個爸爸，正常的情況下，起碼要當一萬天。

老天爺！還好，明天再堅持一天，她媽媽就要帶她去練鋼琴。

星期二

「我現在幹什麼呀？」

這個問題又來了！它時時刻刻會來！

我時時刻刻有事做，一時時刻刻沒有事做。

「你現在，不，你一會兒，想做什麼？」

「畫畫。」

畫畫！還是我的事。我沒有本事把自己分成兩半。

我現在可體會到「小尾巴」的意思了！

「好吧，現在，先請你做一件事。」

「什麼事？」

「你數數，數到一百下，我們就可以開始畫畫。」

「行！」

「你可不要數得太快呀！」

「嗯，一……二……三……」

眞不太快！

我清理廢稿紙，倒廢紙簍、垃圾桶，在公共走廊裏跑。

「……十……十一……」

我涮洗垃圾桶。

「……十八……」

我擦餐桌，擦寫字臺。

「……二十四……二十五……二十六……二十七……」她站在那兒高聲數。

「謝謝你！一。」我收拾著零亂的寫字臺。

「爲什麼呀？」

「你數得果然很慢，這樣數下去，數到五十，也許我們就可以開始畫畫了。」

「那我數到七十好了。」

「剛才數到幾了？」

「二十七。」

「接著數。」我邊忙，邊狡猾地微笑。

我把早點用過的碗、勺、筷子洗乾淨，把糖罐放回原位，在用香皂洗淨手之前，把一的媽媽昨晚在厨房洗抹布用的洗衣肥皂放回廁所，在過道裏跑著，並且在不通風的廁所裏點起一炷香。我又跑回厨房，把一個已經冷的鷄蛋一口塞進嘴裏。「……四十五……」我還得爲自己沖一杯咖啡。媽媽們要做多少數不出來的事！我忙著忙感慨著，忙著，也忙著誇讚自己竟想出這麼個數數兒的哄孩子的招兒！最好所有的媽媽都請孩子們數著數，使這些沒完沒了循環的瑣碎，有一種秩序，一個似乎在推進的邏輯……

「現在，你數到幾了？」

「四十六。」

「噢。」

「幹嗎呀？」

「接著數。」

這樣，我又偸出了起碼三個數的時間。

「……四十八……四十九……」

我加了咖啡，加了水，加了糖，但糖撒了出來，我跑著去拿抹布，把糖渣擦乾淨。我突然想起來，公共走廊裏，我門前的燈又壞了。數眼看到了，來不及了，要輸了。他來的時候，請他幫我修，學建築的呀，總比我強……不，不只是一個燈，當你的生活裏突然有了一個男人，你所有的獨立就像雪崩似地瓦解、崩塌下來……

端著杯子走到寫字臺邊。

「五十一……」一，傻傻地執行著數數兒。

「好啦，你贏了一個數。現在，我們開始吧。」

「幹什麼呀？」

「不知道幹什麼啦？畫畫呀！」

「你還應該把電線收拾好！」

她指的是拖在地上的耳機線。

「好的。」

其實不必收拾。爲了她，收一收。

「現在，請你再做一件事。」

「什麼事？」

「把彩筆和白紙準備好，還有你的課本，一起放到我的桌子上。」

「好的。」

我「收好」耳機──趁她去拿紙和筆的空兒，把它塞到書櫃頂上她看不見的地方。

她把課本上有彩色挿圖的一頁攤開放在桌上。

「現在，你再做一件事，把你喜歡的畫統統用鉛筆一個一個勾出來。」

「好的。」

趁機，我至少可以把早上做家務時想到的句子和一些念頭先記下來。我們各人顧各人，我匆匆寫著只有自己認識的字，一站在我身邊，選著想要的畫。只聽見鉛筆在紙上非常輕地勾一下，又勾一下，又聽見橡皮磨擦紙的聲音，然後是她輕輕地吹氣和手指撣著橡皮末的聲音，也很輕，這些極輕微的聲音，柔柔地抓著你的心。我扭頭看看她，她挑選得好專心呢！

「你喜歡畫畫了？」

「嗯。」

「彈鋼琴呢？」

「不喜歡！」她拚命搖著頭，短髮飛快擺動，像撥浪鼓。

「你媽媽爲你花了那麼多錢呀。」

「可我一個星期，只有一個星期天呀……」

「好，我們開始吧。你不必仔細地看我怎麼畫，你只要想像和書上完全不同的顏色。」她選的都是動物畫。鹿、兔子、猴子、驢、孔雀……小時候，我們很少畫動物，總是畫人，大人、小人、男人、女人，都穿衣服，不穿衣物的動物似乎比人更難畫得像，爲身邊一個小孩子畫畫的時候，眞是天底下最快樂、最安寧的時刻！比寫作更輕鬆，更快樂，更單純……不過，這種在輕輕上升的溫存感，我不想持續太久。那個爸爸畫畫兒嗎？單是接孩子，送孩子，一天、一天，如果我是爸爸，我會不會逃走？幸好快開學了。我自私地、眞實地閃過這個念頭，同時著手寫一個開頭。

沿著習慣的路線，我又向這座十六層的淡綠色塔樓走回來。過了樓羣，走近，仰頭，便能看見「我」的窗口。「我」的房間，在十五層，是這種塔式樓一左一右兩方向通道之一的最靠邊的一間，出了電梯，進了通道，要一直往裏走，彷彿死胡同盡頭，白天，這裏也是昏暗的。按設計構思，十六層不在「我」這個把角上再搭窩，十六層只是塔式樓的中心尖頂，於是，「我」這裏也是最高一層，並且，正好是朝西的樓的頂和角。於是，夏天，陽光將直曬這房屋的全部頂，同時，每個中午到下午，又從西窗直撲半個室內！雨，打著牆的外壁，並且，居然能從水泥預制板的接縫中間滲入；於是，在客廳兼書房的那間屋子的牆上，有了一道直直的裂紋，牆皮泛起；來過工人，問要不要修什麼，指了，搖頭，不能修理。是，誰能再從一個已經建好住人的樓外抹一下十五層高的水泥預制接縫呢？細細看，雨不僅在這處牆上，在房頂的外側角也留下痕迹。冬天，清晨，霞，先從寫字檯面對的窗前鋪滿，坐在桌前，看霞，看霞之上滿天的雲，假如能夠視而不見一個恰恰豎在目光正前方的樓頂，能夠忽略鋼窗和窗外粗糙的水泥面的平臺沿的存在，彷彿坐在山頂，在海洋上！然後，霞光全不見了，陽光潑進，潑上寫字臺，拉起窗帘，打開檯燈，在冬天的白日裏編故事，溫暖，還是眞溫暖！只是，冬天的風聲，像海浪，獨自坐在室內任何一個地方，聽著風，像在飄搖的小船裏一般。風似箭，帶著唔唔的鳴叫，竟然能從關閉的公共走廊的窗，穿過走廊的門，直射過來，鑽透房間的門，打得滿屋子響！而不論是冬天，是夏天，自有一股高層住宅形成的氣流，把塵土從地面直携入這完全可以叫作雲端的頂層的室內每一個角落！每一個。灰塵，是每日擦不淨的。我熟悉借住的這屋子，猶如熟悉我自己。一年，我無數次地走近，眼看著這座新樓當初的淡綠，已經變灰，像一個骯髒的大個兒的小孩子。爲什麼要用淡綠色呢？難道幻想美景的時候，沒有想過風、雨和污染的「自然」？無數次地替不知誰想。

一年了。我已經修好了抽水馬桶。好久，我沒敢下手。有個朋友，也是女朋友，一個看起來非常堅强的女人，一個人，一直帶領著媽媽和女兒過日子。一直用手去提抽水馬桶水箱裏的橡皮球，然後洗手。每次去看她，每次會見到那個壞抽水馬桶、在那個小小的廁所裏洗著手，那裏，燈也是壞的，白天也很陰暗。很清楚，這是一個沒有男人當家的獨立世界的具體寫照。小小的，對於我，總是一個巨大的冰冷。我每一次站在那裏，每一次都想，「假如我能夠再建立一個家庭，我堅決抗拒壞抽水馬桶！」但它是一個暗示，暗示你，女人，不行。忽然有一天，我開始在「我」的壞抽水馬桶邊轉悠，把手伸進去，把那個脫落的、每次要用手去提的壓住下水口的半圓形橡皮球拿出來，仔細看看，發現了中間有一個小眼，小眼裏有螺紋，於是，再放回去，憑著手的感覺，慢慢旋轉照理該和它連接的細銅桿。就這麼好了！就這麼簡單！當然，它有時還會掉下來，再擰上去就是了。就這麼簡單。我乾脆買了一整套修理工具，從試電筆到各種型號的一字型、十字型螺絲刀，還有鉗子、錘子，隨時地，修理這兒，那兒。只有煤氣管道的漏氣和牆一樣，我修理不了。

（太像散文……）

吃過晚飯，又和一的媽媽爭洗碗，我賭咒發誓，天底下我最喜歡的，唯一的一件家務事，是洗碗。她不相信。一跑來，很興奮，有客人來了。

我的心提起來，又放下了。

一對年輕的客人。兩位都是搞翻譯的。一個是英文，一個是法文，都是很「甜」的活兒。一個原來學塞爾維亞文，一個原來學挪威文，後來自己改了語種。他們住得離這兒不遠，散步，看見頂樓這一處燈光。女客人脫去鴨絨大衣時，我眼睛一亮，裏面是一件呢子連衣裙，紫色，樣式時髦，絕不輕浮，如同它的顏色。配著一雙無比合適的靴子，純白色。哪裏像是散步，簡直是去赴盛大的晚宴！「他設計的，他做的！」她把瀟灑的裙下擺隨意一拂，坐下來。而他，早已扔開淺灰的滑雪服，甩掉皮鞋，悠閒地倚在他們每次來、他必然坐的沙發一角，開始把一個嚴肅的話題當一個玩笑來說。兩個人，像一張照片似地坐在一起。從來沒有過的！我好羨慕！而不是以往的欣賞。我羨慕這幅活動的畫面，羨慕總在視線裏的這對活潑潑的人，當他們因爲走動而分開，我的目光便緊隨那女子，我並不羨慕她有這樣瀟灑、幽默兼能幹的丈夫，我只羨慕她爲什麼能有這樣自在而又恰好的可愛！也許是因爲她年輕，少磨難，少磨難就該她得到這麼多自在而又恰好的疼愛？我知道我是在暗暗想不開，想不開，爲什麼越是我喜歡、我想要緊緊依靠的人，越會感受到我陰沉的那一面，我原本應該給他快樂呀……這對可愛的人都沒見過一，跟我討論著語言問題，也不忘記逗逗一，我看得出他們有點奇怪，奇怪一躺在我膝蓋上看電視那副親密加耍賴的姿勢。

一突然翻身爬起來，摟著我的脖子，嘴巴湊在我的耳邊，極其小聲地說：

「喂，我告訴他們咱們的秘密好嗎？」

「不行！不行！」

「哎呀，求求你，讓我把秘密告訴其中一個人也行呀！」

「不行。一千萬個不行。」

「求求你啦！」

「你去問問你媽媽能不能說。」

一立刻跑到厨房，聽見她的聲音：「……媽媽，求求你！」「不行，不行……」媽媽的聲音。

一沮喪地回來，這對可愛的客人非常好奇，一齊追問我，究竟是什麼秘密，我看看坐在那兒看著電視發呆的一，故意說：

「一個秘密，眞的秘密，我們發過誓不說的。」

女客人把一拉到懷裏，男客人又把一抱到膝蓋上，一很聽話地被客人哄著，臉上始終不很開心的樣子。

客人告辭了。男客人按他的語言專業的那部分世界的習慣，給妻子穿大衣。捂嚴了的女客人彎下腰，跟一招招手，男客人把一抱起，「忽」地朝天花板一扔，扔得眞高！一尖聲大叫，叫著已經落在人家的雙臂中，小高音兒的大笑不是悅耳，而是，盈室！尖叫、笑聲起落重疊，她一個人的二重奏，使屋子一下子顯得好小！

送客人回來。一仍然坐在那裏看電視。默默地，沒有表情。

我坐在她身邊。

「我不叫你爸爸了。」她慢慢說。

「爲什麼？」

「不爲什麼。」

我摸摸她的短頭髮，短頭髮很柔軟。她偎在我身邊。我也很想扔一扔她，聽她的尖叫和笑！讓她有驚險和虛驚之後加倍的開心！可我扔不動她，只好還是摸著她的頭髮。

「一，我對你不夠好，是嗎？」

她不說話，呆呆看著電視。

「眞的不夠好？」

「不，好。」

「我一定好好對你！」我說著兒童話，眞心發誓，心裏突然想哭，有一在面前，當然只是想想。

「一，這樣吧，只有咱們兩個人的時候，你叫我爸爸。」

「嗯。」

「三個人的時候，你叫我乾媽。」

「嗯。」

「四個人以上，你就叫我阿姨。」

「那四個人以上，究竟是幾個人？」

「這樣太複雜了，」一的媽媽走過來，拿著給一吃的什麼「補」藥和水杯，「這樣，偶數的時候，你叫她爸爸，奇數的時候，就叫……」

「你眞是個書呆子！她學過什麼叫『偶數』，什麼叫『奇數』嗎？」

「你們別吵架呀！」

精疲力竭地在臨時當床的沙發上躺下，仍然想著桌面的稿紙上「精疲力竭的故事」。

扔下精疲力竭的故事，送畫家去飛機場。

到了必須分手的驗關口，他回身，雙手放下給妻子和兒子買的禮物。我的眼光不由隨著那些禮物落下去，那是些很普通的禮物，特產，玩具，我驚訝地意識著這小小的眞實的關係和心意。這時候，他突然彎下腰來，在我的臉頰上親了一下。那邊的國際關，外國人正在接吻、擁抱。只有我能體會，這小動作有點慌亂，有點笨。

爲了這個小動作，不知他暗暗策劃，準備了多久？

我想笑，却被那個鼓勵一切的吻釘住，呆立原地。

她們是一羣騎著帶翅膀的駿馬在天空中來回馳騁的騎士，她們是女武神。

她們把死去的英雄，用飛馬，馱到天宮。

她們在風雲中急促穿行，陣陣閃電護衛著她們，她們一邊飛，一邊發出奇異的呼喊：

！呼嚎唔嚄——嗤哈！

！呼嚎唔嚄——嗤哈！

没有人明白這聲音是什麼意思，這聲音，總是伴著雷鳴而來！天空中的閃電也許就是她們手持的武器與風雲的碰撞效果！震駭天宇的雷鳴，也許，不是隨著閃電發生，就是那奇異的呼喊！她們的首領叫：布侖希爾德。❶

布侖希爾德犯了天規，受到衆神之王的懲罰。

她慢慢地躺在巨大的磐石中間，衆神之王扣起她的盔甲，用她的盾把她蓋住。然後，他舉起手中的長矛，召來火神。火舌，開始從石縫裏迸出，磐石四周環起熊熊的烈火，整個森林被照耀得極其明亮，亮得像火焰中心一樣！而在烈火的中心，還有更為燦爛的光芒放射著、悸動著、顫抖著……

她將一直睡在這塊燃燒著的女武神的磐石上，直到第一個發現了她，並且，能夠穿過火堆把她叫醒的男子，才能解除她受的天罰。他將娶她為妻，然而，到那個時候，她不再是一個女武神，只是一個平常的女子。

在這片土地上，你只能在書上、在樂譜中看瓦格納的歌劇。我怦然心動！我

❶ Brunhilde 女武神，*Nibelungenlied* 英雄史詩中的一個主要人物。

直覺到我一直在尋找的角色，我的宿命所在。

殘酷的瓦格納規定了。

在角色與聲音分配的表上：

布侖希爾德……女高音。

我的嗓子低沉，而我的等待，沒有人能覺察。

有人敲門。

開門的時候嚇了我一跳，並不因爲是半夜時分了，這朋友夾著頭盔，携了一身寒氣。面對面坐定了我仍然驚心，驚心的仍然是開門的時候就看出的骷髏！

他摘下骷髏的圍巾，脫去骷髏的大衣，透過骷髏的外套，眼睛不由得就盯在他襯衣領子尖那裏。自然看不見襯衣領子的黑圈，領子的兩個尖角，像被墨抹過！不必再把視線移向褲子和鞋……他原先是那麼乾淨的一個人，他時刻帶著手絹，他離去的時候，總是把你撕碎的廢紙屑什麼的小心地搜集起來， 扔進你的廢紙簍才走。當他坐在玻璃窗邊，手支著茶几上的玻璃板和你說話，人剔透、乾淨得如同擦過的玻璃。「……天天兩頭跑！早上幫老婆送孩子去幼兒園，傍晚，接那情人送她回家，這個冬天還他媽特別冷，關節全完啦，摩托也拉缸了，多虧這摩托！」

「小點聲！」

「怎麼啦？」

「我的女房東和她女兒在隔壁睡覺。」

「眞糟糕！我本來想到你這兒蹭一夜。你說我老婆是怎麼回事？爲什麼半夜老抽筋，按都按不住？」他低聲問。

「過去有過嗎？」

「沒有，絕對沒有！就從我跟她提出離婚，只要我一回家，她保證抽，她自己都控制不住，究竟怎麼啦，我怕她出事。」

「我想，這是心因性癲癇，只要你不回家，她不會抽。」我小聲說。

「眞沒錯！你，你怎麼知道？她來過了？」

「咱們是哥們兒，可這麼多年了我都沒見過你老婆。」

他恍惚地笑笑，立卽問：「那你怎麼會說得這麼準？」

「推理嘛，」哪裏用推理呢！「她是想不開，你不在眼前的時候，她想歸想，還得做別的事，還得應酬人世，情緒轉移了，你一出現，她就產生自我暗示，強化自己的處境。」我不由得就有點偏向那位從來沒見過面的女人……「可是，你不回家的話，住在哪兒？住你現在的情人那兒？」

「絕對不成！她巴不得。我又不想跟她結婚，她正想這麼拴住我！我住『會議』。」

「會——議?!」

「我不斷地要求去開會，不斷地住各種賓館或者招待所，我知道你在瞧著我的模樣發愣，我只有你看見的這一套衣服，沒法子回家拿衣服，怕老婆犯病！這，還是我兩個星期以前在一個帶洗澡間的招待所住的時候洗的。吃完工作夜餐，全脫下來，在浴缸裏洗了，掛在浴缸的橫杆上，然後，光著就出來了，那一屋，住四個人，開三個會的，誰也不認識誰，正湊在一起打撲克，一瞧我那樣兒，全他媽犯傻了，我心說，別裝孫子了，沒見過？不一樣？你別樂，我就那麼光溜溜地進了公家的被子。掛在浴室裏的衣服，到早上哪裏乾得了，穿上！用身體焐乾了……唉，眞希望永遠開會！」

「那你今晚怎麼辦？」

「沒事，跟你聊會兒天，天就亮了，就該回家去接兒子送他上幼兒園了。唉，落到這個地步了，眞可樂。」

是有一點可樂似的，這個以前非常乾淨的朋友，平衡的技術也極其好，我記得他以前很平衡地跟我說，……是，是因爲孩子把我們拴在一起，是，我願意和情人去跳舞，去看電影，去吃飯，可是，哪一個要是提出來要我蹬了我老婆跟她結婚，我絕對不幹！甭管她多可愛，我馬上會說：再見！可我還是愛跟情人出去玩，帶老婆出去，就是沒意思，帶著情人出去吃飯的時候，就又想起老婆來了。有一回，在飯館裏，要了條魚，跟那情人開開玩笑：「咱們是不是吃一面兒，留一面兒別動。」當然，留一面兒也不能帶回去。臨出門，買一大瓶「可口可樂」給老婆……「好哇，原來老婆們可樂的疼愛裏，有這麼多背景！」當時我大叫……怎麼就落到如今這個髒得眞是那詞——「慘不忍睹」的地步了？

我凝視著眼前的朋友，以往所有的理解，現在都聚成最簡單的一點：

「你考慮怎麼付孩子的贍養費？」

因爲我靠著牆，牆那邊有睡著的一。

「她要孩子，所以她要什麼都給她。把摩托也賣了，給她錢。我們不存在財產問題。」

「你老實告訴我，這一切是不是只因爲你不愛孩子？你說你是從有孩子的時候開始感到煩躁。」

「你沒有孩子你哪裏懂！兒子有時候問：『爸爸，你上哪兒去？』那時候我就覺得我眞是什麼都做錯了！孩子根本不是我老婆帶，全是我帶，天天，我送他上幼兒園，也是我接！星期天，我帶著他去上課，上午上小提琴課，下午是英語。小提琴在城東，英語在城北，老婆住城西。每個星期天早上，我們爺兒倆，坐公共汽車，從城西奔城東，中午，再從城東奔城北……」

「你對孩子太殘酷了！」

「這怎麼是殘酷！」

「你問過孩子要不要學嗎？」

「他怎麼會知道他的未來！別管他將來成器不成器，當爸爸的這輩子被耽誤的，當爸爸的爸爸沒想起給的，我全給他！盡我的可能，把所有的條件給他，至於他將來成不成，那是他自己的事，反正當爸爸的要對得起他！」

「哼，我懷疑你小子是想給自己補補課！」

「算了！補什麼？補什麼也晚了。人家當家長的，還眞有進去陪著的，我瞧見過，老師說哪點好，哪點不好，家長趕緊點頭，趕緊用筆記，比孩子還用心，看那樣子，你簡直鬧不清是誰在學！我兒子，琴還學得特別好，老師說他樂感極好，有希望。我呢，從來叫他自個兒進去，我坐在老師家門口的臺階上，看看來來往往的車，看看來來往往的人。就一個人坐在那兒。我告訴你一個秘密吧，我自已發現的，原來我帶著兒子每個星期天跑，就是爲了在人家門口的臺階上，一個人坐在那兒，看書，看人。我覺得，一個星期，只有那一會兒工夫，心裏特別靜……」

我靠著牆，但不明白自己究竟站在哪一邊。他應該寫小說！我想。

「我現在只關心一件事。」

「什麼事?!」

「聶衞平戰勝大竹英雄之後，現在又怎麼樣了？」

我怔怔，悠悠地，笑了。心，越加模糊起來，有一點微微的光在活潑地跳動，這朋友關注中日圍棋擂臺賽，我不是也把興趣投在四年一次永遠爭不完勝負的世界杯足球賽上？我這個爸爸，到現在爲止，演得還可以！如果在未來的故事裏，眞的再演一個丈夫，並且，像這個朋友一樣，兼演一個情夫，或是一個現在這樣的、困難的丈夫加情夫，或是完全相反，原先那個瀟灑的丈夫加情夫……微光突然就滑向越來越頻繁的暗淡。你總是努力地支起小小的框架，你總是扶一扶那單薄的架子，就咬咬牙，拾了命似地往上爬，你明明知道周圍的世界，那些大樓，那些破屋，那些眞實！還老想叫別人也寫小說，可憐的白日夢患者，你眞的敢想像嗎?!

星期三

我隱約聽見她們輕手輕脚走動的聲音。朦朧中，猜不出，清早，有那麼多瑣碎的事，怎麼會這麼簡單、輕微地舉動和走動？

聽見門輕輕地關好。

臥室裏有兩床被子，一床大的，一床小的，並排著，都很整齊地疊過了。不知是一幹的，還是她媽媽？一如果會了，叫人高興，但憑直覺，是媽媽做的。一大一小的整整齊齊，在清晨的柔和中，有一股小心翼翼的淒涼。

是你自己的房子啊！

餐桌上，搪瓷碗裏又放著屬於我的一個剝好皮的鷄蛋。

看看冰箱，少了兩袋牛奶，也許可以判斷，她媽媽也吃過早飯了。

吃了鷄蛋，洗那只小碗，洗的時候，發現小碗底下的沿兒，有一點銹已經侵到白色的搪瓷面上。用洗潔劑不靈，改用去污粉，擦掉了。瓷的部分又白了，脫落了瓷的地方黑黑地露出本來。收拾慣了，乾淨慣了，慣了，便審視這只生了銹的碗。

這是一種非常非常熟悉的碗，熟悉到遙遠！白色的底子上有一點點不是花的綠點，彷彿隨意甩上去的，只爲加一點花花的意思，不會叫人想起春天，却使人想到軍營。我小時候，也用這樣的搪瓷小碗。那是住幼兒園，每星期回家一次，然後，住校，仍是每星期回一次家。在我們的集體餐桌上，都是這種碗，還有這種花紋、質料的配套的盤子……

手中這只碗的碗底，一道細細的沿兒，不僅已經脫落了瓷，而且已經有點磕癟了，不圓了。還會銹的，洗過之後，把碗底朝上放著。放下一點心，又添一點心思。

該給一買一只新的小碗！

做爸爸嘛，總該給孩子不斷的、小小的驚喜。要小小的，不能太大，太膩，太多，不能叫孩子覺得什麼都來得太易，日後，學會了寫「珍惜」二字之後，慢慢地，重新又來學寫，到了再來學的時候，已晚。早，總不知爲什麼要造下這兩個字。

她們走了，我也不能寫作，日曆上安排著今天上午必須出門。最要緊的，還是去談有了希望的房子問題。我在廢卡片上按照最佳路線和事情的輕重，依次寫下事情，加上買一只小碗這一項。

在城市的這個邊緣，公共汽車像長途汽車，長時間地，來一輛，每一輛都非常擠。

一個小小的男孩子，棉襖裏，露出淺淡的晨裝，坐在高高的售票臺上，粉粉的臉，低垂著，一個年輕的爸爸雙手扶著他，他口齒清楚地說，反覆說：「我睏。」口齒清楚。可憐的一，爲了千百萬練琴的孩子中也不會有一個是神童的練琴，早早地從熱被窩裏被提出去，先要在媽媽的辦公室呆半天，中午休息的時候，被帶到那辦公室附近什麼人家去練人家的琴……我一隻脚是懸著的，全身靠著抓住窗邊把手的那隻手，坐著的婦女皺著眉頭不斷把我的書包往外推，裏邊裝了一本書，挺硬，那書硌了她的肩。我不知在關於房子的希望中先要等候多久，事先帶好消磨的玩意兒。身後，有男人在擠我，我扭脖子，只能看到他的肩，再扭，看到他毫無表情的臉，但他擠的方式，顯然有意……我拼命地向前收縮身體，身體被婦女和無聲地往外推著的書包擋住，我向左挪身體，那身體也在向左，我向右，那身體也向右，我不扭脖子，只是時時無聲地和後邊的身體搏鬥。……一的媽媽多麼輕鬆地說著天天擠車，像見面說說天氣，她如何做這些說不出來的暗暗搏鬥呢？……一直到那個人下了車，或者你下了車，便立刻不想。

懷著本來就不眞的在切實希望的希望，面對幾個主管人員，我發現，又是一個希望而已。該拍板的，頭銜是總工程師，看臉相，聽談吐，是眞正的技術人員，是那種善良的、但自己都覺得自己沒有權力的人，他不斷地向下屬的具體主管由衷地說：「你們說，你們說。」我盯住我認定可以具體辦事的對手，一個平頭、大眼，黑黑、壯壯的似乎同輩的男人，在還未坐定、人來人往的空隙裏，他用極快的速度把話甩過來：「趕快先敲定，再談具體技術環節！」我等他幫我，傳一個球過來，以便我接住話，但他還沒張嘴，就被角落裏那個瘦瘦的、也彷彿同輩的男人攔了網。第一、第二、第三，他的話，很有邏輯，語調平和，話的內容，也很合理。「我們自己的職工、大學畢業分來的學生都還不夠住，好多人跑來要房，憑什麼總經理指示我們借房子給你?!」坐在位置上，很按規矩地坐著，聽著，帶著應有的微笑，覺得人家的話也很有道理。這種合常理的體諒，和著應有的微笑以及規矩，使氣氛放鬆了，當然我是有意的。我們甚至開始互相詢問年齡，過去在哪個中學上學，去哪裏插隊。那些插隊的、具體的日子呵……說笑著，細品著那瘦瘦的、語調平和的同代人的話：「你是非常幸運的，你已經很有名氣了，我的弟弟妹妹都讀你的書，我不知道你和總經理關係多深……」我眞佩服他能把背後肯定更難聽的話當面說出來。「我和你們的總經理並不熟悉，本來可以由有關方面來談，只是我喜歡自己處理自己的事……」打這種傻牌，明知是徒勞，但是我立刻抓住了對方扔過來的一張又有希望的牌！

「……萬一你借了房子寫作，以後就不再往外搬呢?是不是先付一筆錢，你搬出去的時候，自然會還你，連本帶利。錢，不能付得太少，少了，誰都能付得起，對別人的閒話沒有說服力……」

「行！行！行！」我趕緊認可著我不知道要預付多少錢，也不知道那筆不能太少、不能叫人有話說的錢大概要多少！但只要肯讓你預付！只要能先敲定！如同作生意。

「不過，」

「還有什麼條件？」

「不是你的條件，我們現在談的那間房子的主人，到現在還沒有搬家。」

「什麼時候搬呢？」

「不那麼簡單，他現在這房不是我們這個單位的，那個單位要我們區段的另一套房，不那麼簡單。」

「明白。」

「問題還不那麼簡單，這個科長級的幹部一直住著這一間，現在給他三間，他不肯搬，聽說他的兒子要結婚了，他想留住這一間，他想和孩子分開住。」

「明白。」

全都明白。全懷著錯位的希望，全都沒有結果。

我站在大街的人流中間。我忽然很想和他說說話！就是說說話。是，有什麼用？我直覺到，那個世界使他變得「單純」，他比我還不能應付這裏最起碼的生存條件和手段：人際關係。

一年的期限！

全是那樣偶然的電話。電話裏兩個人的對話都像黑話：

「……你能不能想辦法疏通一個『重點小學』的門路？」

「你能不能幫我找個臨時住處？」

我們兩個女人，倒像黑市一樣慢慢地盤價。

「究竟是哪個重點小學？你究竟要我怎麼做？」

我當時直截了當。

「啊，是這樣的。」她點的貨是那麼具體，但我好久才聽懂。「我看準的那所小學離我現在住的父母家很近，可是，就憑一條街，它就算到另一個區去了，根據就近分區入學的原則，不行！我已經想了辦法，我想把孩子的戶口轉到那邊那條街上一個家裏去，我託了人，我到了一家，還得去派出所走後門，後門也已經找到了，可那家人突然要搬走了！你別急，我又打聽了，那個重點小學，每年，都有幾個內部名額，不按區收學生，照顧本校老師的親屬，也照顧特別有才能的孩子。但是，除非神童，沒上學的孩子能表現什麼才能？孩子倒是在學鋼琴，學了三年了，她的老師說她很不錯，眞的說她不錯！可是，現在，哪一個孩子不在學鋼琴？」

聽了半天，所有的現實，所有的邏輯和分析，都建立在一個做媽媽的想像力上。我眞欽佩她徒勞的想像！我們從小就認識，她生孩子以後，我們幾乎就沒什麼來往，只是她丈夫提出離婚的時候，她也找過我一次。法庭似乎不能給人可靠的指引，女人們寧願來借我的經驗。孩子居然該上學了！

「你何必一定要她上重點小學！不是才小學嗎?!」

「上不了重點小學，將來就可能考不上重點中學，考不上重點中學，就可能考不上大學！你根本不知道那些一般小學裏的可怕！孩子之間……一輩子的事情呀！」

「那你到底要我做什麼?」

我還是沒聽出我的作用，我有什麼條件可以借到這處房子！

「你，噢，對，你是作家，我想了，假如你去那個學校採訪，給他們校長寫一篇報導，或者寫寫他們學校什麼的，他們的教育質量的確不錯！他們一高興，你又跟他們熟了，咱們好談這孩子入學的事……」

我眞想大笑她的想當然！

「好，我現在從頭給你講，第一，從採訪到發表，有一個過程，現在已經九月份了？第二，發表在哪兒？教育雜誌還是報紙？教育雜誌太專業，報紙有廣告性，但是，報紙採訪，又是另一路，我是寫小說的。所以，最直接最快速最有效的，我們還得想好一家有效的報紙的有效的記者，那記者還得是我的哥們兒，等那個記者跟那個學校混熟了，再來談孩子的問題。問題是：能建立這個家當的那個鷄蛋，那個記者，馬上在哪兒?!」

「我全知道我是在想當然，我是急了，報名期都要過了。」

「你讓我再想想還有什麼切實可行的辦法，接近這個我現在還沒弄清楚地理位置的重點小學……」我開始翻隨身帶的通訊錄，坐在那兒開始重新設計思路。

「嗯，關於這個房子……」

我立刻全神貫注。

「說實話，咱們這麼多年沒什麼來往，我在報上、電視裏看你的消息，你是個女強人，比我路子寬，我想我們變得不一樣了。在辦公室裏，大家每天都說一個話題，如今，人，靠不住……對不起，我說的都是實話，萬一，你借住進來不肯搬走，那我也……我們，要不要，寫一個字據？」

那時候我坐在一把塑料貼面的硬板椅上，心裏冷，冷得一般。

當然依著她的建議寫了一個字據。我不敢告訴她，其實字據毫無用處，即便眞拿到法院去也沒有用。法院太忙了，忙得恨不得往外推人，忙得連私人房產被霸占的事情都管不過來，也管不了。

我起草的字據。借一年。我簽了字，她也簽了字。簽完了，她說：

「其實，我也知道沒有用。」

我們倆都笑了，笑著，她說：

「你原諒我這樣做，我實在是怕了……」

我們又沉默。

……那種場面，也許是另外一個故事？那個時候，那套兩居室的公寓房裏有一張光禿禿的桌子，有幾把塑料貼面的折疊椅，兩張木床，一大，一小，在兩個房間。水泥地面上，還有交工驗收後坦然留下的沒用完的水泥，當然早已凝固，成爲室內建築的組成部分。有一排組合櫃，是那套房間裏最顯眼最華貴最占空間的，最孤單的東西。我們兩個女人倒了三次車才到，因爲那一帶一模一樣的樓有幾座，女主人自己也認錯了樓，恰恰又是電梯工休息的時間，我們爬上一個十五層！開不開那扇門，又爬下來，再上一座「山」，進了「洞」。屋裏還有一把燒水壺，我們燒了一壺開水，找到了茶杯，找到了一包綠茶，找到了前邊臨時借住的什麼人留下的方糖。綠茶加方糖。我們坐在光禿禿的桌邊硬硬的折疊椅上，很溫暖、很滿意地喝著。「……我眞夠幸運的。在法院判我們離婚之前，我分到了這套房子，我眞想好好地佈置一下，剛弄了一套櫃子，就累得幹不動了，都說這套櫃子不時髦，板子也不好，但這兩天它已經又漲價了！過去，我老是圍著丈夫轉，然後，是孩子，現在，我只想坐下來想想我自己，想一個人安安靜靜喘口氣，可是我哪兒有時間跑到這兒來喘口氣呢？這兒挺不錯，是嗎？暖氣還挺熱，煤氣管道好像漏氣，聞到味兒了嗎？我用肥皂液試來著，報上說，哪兒漏氣，哪就會冒泡泡，沒用，就是有味兒。抽水馬桶也壞了，拿到鑰匙，搬進來就是壞的，你得把手伸到水箱裏去……」

……她眞比我幸運！只要不結婚，你就永遠沒有申請要房的理由！對於房子們，樓們，建築系統，我簡直看不出還有誰像我這樣，成了一無所有的行家，一個精怪！一定要寫寫房子的故事報仇！但一年的期限已經到了！「女强人」！不爲字據，只爲人對你的信任，得趕快再找個地方寫作，哪兒呢?!也許我還是比我這位房子的女主人幸運?根本猜不出她又求了多少人，託了多少門路，我沒工夫細問，她也沒工夫細說，我們連打個電話聊天的工夫都沒有，跟以前一樣。不過，她可眞夠能幹的！她女兒終於進了一所重點小學，只是，那小學很遠，遠得，離她工作的地方和她離了婚又退回來棲身的父母家都極遠，離這處房子，就更遠得南轅北轍了。爲了離那所小學稍近一點，她乾脆帶著女兒擠到那附近一個親戚家去了。

「女强人。」在大街上，我對著這個或者自以爲是，或者根本不知道自己也是的專有名詞微笑起來……

不想了。只管進百貨公司。專了心，專進最大的百貨公司，去專營餐具的櫃臺。從這頭走到那頭，粗粗掃過，細細看著，然後問了。沒有。沒有失望。如今，你怎麼能夠希望在頭一個地方就遇上你想要的哪怕是最普通的東西呢？

走了幾個地方，進了幾家店，大店、小店，只賣碗那類東西的店，都看了，都沒有。

站在櫃臺前衝著那些亮閃閃的成著套的不銹鋼餐具發呆，歇著乏，突然醒過來，那種白底、綠點的搪瓷小碗，代表著已經很遙遠的、我們的、兒童時代。

於是，換了念頭，細心看一只只、一種種小碗。有非常可愛的，非常漂亮的，薄的，小花的，有一點透明的……拿了這只，又指那只，選著，替那媽媽體會媽媽的心。一個媽媽，帶著一個孩子，帶著一只專用的小碗，遠遠地，每天的，跑來跑去。叫售貨員把碗們又都收起來，決心還是買一只搪瓷碗。雖然便宜，不值錢，但做媽媽的從書包裏拿出來的時候，總不至於是一堆被擠碎的碗碴兒！即便心力還有餘，何必又添小小的心碎？

學了那做媽媽的心，固執地找那種舊式的搪瓷碗，哪怕是別的樣子，別的花色，只要是搪瓷的，總是鐵胎。

怪的是，越認了眞來找，越是找不到。

眞的，根本不生產了！

吃晚飯的時候了，她們沒有回來。她們沒有說她們回不回來。也許不回來了。我終於可以安靜地一個人坐著了。但也沒有做飯的動力了。

很遠，是外邊公共走廊盡頭的門在晃動！晃動得我的房門也輕輕地晃動。

不是，是風。

有敲擊的聲音！

不是敲我的門，是下一層樓住的人在爲什麼緣故敲著釘不進釘子的牆。

有開門的聲音！是隔壁的鄰居在開門，是男主人還是女主人？那小倆口從來沒有一起到過家，不在一處上班。是下班到家的時候了，……有小孩子的尖叫聲！

是公共走廊開頭的那家，家裏有一個很小的孩子。我只在偶然打開的門縫處，見過那個扒著門縫向外張望的孩子……

我出了房門，穿過公共走廊，走過有孩子的聲音透出的門，站在電梯間，等待紅色的數字一直往上升，升到這一層。已經沒有什麼該回家的人沒有回來了。

數字升上來，停住，再升，又停住，總也升不到這一層。它眞的要升上來了！我不願意我等的人看見我傻兮兮地等在電梯間的門口。急慌慌衝到公共走廊，向樓外俯視，天底下再沒有比我更傻的在等人的人！

背後有人走過來，走過去，聽聲音，推開通向十六層那眞正的頂的樓梯門。爲了那個小小的頂，電梯不值得修到那一層，那一層的居民便多一層體育運動。

腳步聲已消融在晃動的彈簧門聲裏。俯視車來人往的大街，想，更傻、更有把握的，是下樓去等。

把握什麼呢?難道你呆呆地站定在風中的樓門口，他就會來嗎?!

在風中，繞著大樓走動，把凝固的等待化開。假如，明天白天沒有風，太陽還好，中午買菜、買牛奶的時候，我應該一隻手提著菜，一隻手牽著一，一起走走……

沿著柏油馬路散步，不如走樓邊的土地，地基沒有夯實就鋪完的路面，已經出現陷落，前幾天下過雪，雪化成水，路上，時時有不知深淺的泥水的陷阱。土地上也有泥，更多堅硬的小石頭。在土地和柏油路之間，到處，栽著低低的鐵柵。在冬日裏早早黑下來的路邊走著，在鐵柵上邁過來，邁過去，爲了抄近路，爲了走得更遠。也不知去哪兒。不知是誰的設想，誰的設計，誰要來實現這驚人的遍地的浪費。只是爲了綠草坪那美麗的、電影裏的大片大片的景，便製造出無數的鐵柵。生鐵的，堅硬，沉重，不知誰費了心思設計這圖案，設計時也許想到敦煌石窟中佛經變文故事壁畫上的卷紋，也許想到春日裏擠了滿園、滿園的「宮中」

牡丹！實現的，也是牡丹，連接牡丹的，是那自以爲是的卷紋，還有一些小小的花苞，在連接中跳躍，和大朵的牡丹呼應。效果呢，牡丹是刺眼難看的屎黃！卷紋以及整條整條遍地的鐵栅是死綠，花苞，還是那不堪目睹的黃！而堅硬的石頭遍布的地上，並沒有長起草坪，也許是太多我這樣獨自邁來邁去的人？夏日裏，倒是長著同樣堅强的野草，伸出鐵栅，探到路邊……

我走進樓，走進電梯，電梯女工如同每回一樣，和我快速地說笑，沒有帶給我任何希望的暗示。

公共走廊漆黑，走廊口上有人在家的門下，透一線明亮的白光，却不照脚邊的路。手習慣地摸著右邊的牆，摸到走廊盡頭，習慣地拉那燈繩，仍然漆黑著。再等等。

還是一個人坐在桌邊，一如往常，在傍晚，獨自坐著。

眞的有敲門的聲音！

我不用看門鏡。不用問。

我知道。沒有去記，却竟然背熟了那只有過一次的敲門聲。

走廊很黑，從我的寫字檯上的檯燈輾轉撒到這裏的微光，照著一個模模糊糊的他。他靜靜站在門邊，也如唯一的一次。

我知道，當門關上，我會死死摟住他，死死地！

他隨手關著門，一邊，輕輕地抱了抱我的肩。然後，往裏走，像一個熟悉多年的老朋友。

我垂著雙手，站在原地，問，聲音仍然歡天喜地。

「你吃飯了嗎？」

「吃過了。」

好像有一個很大的希望，亮著駛過去了。

我做著我自己的晚飯，他站在厨房門口，不聲不響地看我。我仍然用快活的聲音說話。

「勞駕，關上門，太嗆！」

他乖乖關了門，站在門外，在說話。我好想聽。

「對不起！聽不見！」

「你很能幹！動作好快！」

他大聲喊。

「我是很能幹！」我也大聲喊，隔著門像在車間裏轟轟的機器邊交談，「可是我非常不喜歡做飯！」

「我非常喜歡做飯！是享受！」

「我非常喜歡洗碗！眞的！我還沒發現天下有我這樣把洗碗當享受的人呢！」

「正好！我做飯！你洗碗！」

「你在那兒做！我在這兒洗！天涯海角！正好！」

「也許我很快就回來！我正在談一個新的項目……」

一瞬間，未來明亮得叫我不敢凝視。我關了煤氣爐的火。

無論如何，今天這個晚上是我們的。我知道會發生什麼事，但不希望事情來得太快。

「我們出去散散步好嗎？」

乘電梯下去的時候，電梯女工仍然跟我說笑。但我覺得她在揣摩我的心思。她只看了他一眼。

我們走到了他搭乘的那個公共汽車站。站在那兒，看街上的燈。快車線的路燈是白色的，樹影中慢車道是黃色的，白和黃，反照黑色的天，冰冷、神秘，都有……車來了，車開走了，是末班車。那個公共汽車收車的時間比較早。

我們默默看著車遠了，挽起手，往回走。

走近樓的時候，我習慣地向上望，習慣地看看我的窗口，客廳的燈亮著，大概是我走的時候忘了關燈。不過，同一面的廚房的燈也亮著，難道我一直也忘了關？

電梯女工仍然和我快速說笑，並且盡職地報告：「你有客人。」

「什麼樣？」

「一個女的帶一個孩子。」

完了。但是，電梯的門已經開了。電梯的門又在我們身後關閉。光亮也隨著驟然消失。爲什麼所有的尷尬都叫我們碰上?!

我請他在走廊裏等我一下。

我掏出鑰匙，打開門，聽見了蹦蹦跳跳的聲響，本能地帶出另一種聲調，明知故問：

「是誰回來了啊?」

「我和媽媽！」一撲上來。

「吃晚飯了嗎?」

「吃了。」

「好哇！我一直在等，還下樓等」，我眞會撒謊。但都是事實。「人家問我等誰，我說我等女兒呢。」

「好哇！你把咱們的秘密給暴露啦！」一指著我的鼻子。

「沒有，我只說是我女兒，我沒說我是爸爸呀！」

「那，還行。」一把我的雙手圍在她肩上，自得地搖晃著。

「你們今天在哪兒吃的晚飯？」心裏急著想主意，嘴上關心地問。

「放放那兒。」

「哼，想放放了吧，告訴我，想放放了是吧？」

「她呀，才不呢，她……」

「媽媽！別說嘛！」

「愛得不行了呀？」

「什麼呀，她和人家放放打起來了！」

我在笑，在想：怎麼辦?!

「爸爸，你去哪兒？」

一瞪著我。

「去散步。你們先睡吧。」

「你有自行車嗎?」

他在走廊的黑暗中問。

「有過，被偷了。」

「我走回去。」

「不。」

我知道他要走太遠的路，要走大半個城市，坐出租汽車?沒有出租汽車會在這個時候出現在這個郊外的地方。他卽便走回去，也不過是回到集體宿舍。

「我們眞的散步吧，散步到早班的公共汽車來。」

又回到樓羣中。

一幢樓，一幢樓，並不是所有的窗戶都亮著燈，我已經見慣，已經明白，有些窗口，燈從來沒有亮過。這兒太遠了，有的人分了房子，也寧願擠在市中心，有的人，房子太多了。亮著的燈，有的是雪亮，那是蓋樓的人裝好的日光燈；有的燈昏黃，那或者是以爲日光燈還不夠省電，或者，是自己改裝了，刻意於那種氣氛。一幢幢樓，不同亮度的燈，像不同亮度的星，沒有燈的窗口，便是星們的自然襯底。

「……這兒，沒有電影院，更沒有舞廳，但是，很幸運了，有郵局，對於我來說，有報紙，有信，有從外邊來的，有能發出去的，夠了！這附近有個小小的新華書店，我去看過那裏的書，一眼就掃完了，沒有一本值得入眼的，對了，倒是有很多小孩子的書呢！有照相館、銀行、傢俱店，和所有店裏的傢俱一樣，和所有家裏的傢俱一樣；遠一點，還有中藥店呢，近一點，有食品店，我現在才知道，這裏還有乳品店！還有一家外文書店，門面上寫著，但從來沒有開過門。人們去遠處上班，跑到這兒來睡覺，我看一本書，管這種地方叫睡眠的城市……這算什麼設計！建築師簡直是白吃飯！」

我帶著他走到一個地方。儘管有路燈，也看不清楚。

「這裏是一個公園，那兒有一個土堆，大概是當初建樓打地基時挖出來的土，沒運走，就成了山。你現在正在走著的這個小小的回廊，有燒瓷壁畫，畫面是天上、水下、母與子、過去和未來，但是！相當相當難看！構圖和顏色都是難以想像的難看。幸虧你夜裏來，你來摸摸，說明我說它是燒瓷的，是眞話，正好又不必看那醜畫。我常常走過這兒，去自由市場買菜，我每次走，每次想，一塊磚，一塊磚，多少人要描，要燒，要把它們拼起來，笨蛋的建築師……」

他笑起來：「你老在罵建築師，你面前站的是一個建築師呀。」

「你設計的是旅遊區呀！」

「我也設計過樓。」

「你！」

「當然，設計過一個小區、一個小區，那些樓也都蓋起來了呢。」

「那麼，你們爲什麼要這麼笨蛋呢！」

坐在公園的回廊中避著風，很像戀人，也的確在戀著，却又像小戀人似地賭氣、吵嘴。不由不在暗中笑我們自己的造型。

「你不能怪我們。就算我們都是笨蛋，這麼粗糙的施工，還是趕不上居住的要求。」

我只有沉默。然後，要求：

「咱們還是走走吧，我脚冷。」

「……這裏，原先是一個超級市場，你從這片廢墟佔地的面積，可以想像那個市場的規模。又拆了，據說是因爲幾乎沒有人來這裏買東西，當然，價格貴，人工呢，用的和一般商店一樣多，這是一方面，更主要的，大概人們在心理上仍然認定，應該在市中心那幾個大商場買東西，大老遠提回來。唉，設計的時候……對不起，忘了，你是建築師。」

「你知道勒•柯布西埃嗎？」

「誰？」

「法國建築師。」

「對不起，不知道，不是笨蛋嗎？」

「我想，他的設計思想有點專制。但是，你眞應該看看他的設計圖。他想使居住在公寓裏的各不來往的人們有共同的交流、村社般的親密，他想使小小的公寓房間有多樣的變化，使你覺得，小小的地方，也可以，用那個詞：柳暗花明。他想在公寓裏，孩子和父母之間有一定的距離，孩子不必要都知道父母的事，而父母，能體貼、監察孩子的成長，又能給孩子自由……」

「他想！他實現了嗎？」

「對不知道的領域你最好不要亂狂！在馬賽，有一個區，在印度，有一個城市，整條的街，都是他想法的實現，還有……」

印度！馬賽！對不知道的事最好能多多狂想！

「唉，什麼時候才能親眼看看呢？」

「什麼時候，能在我們自己的土地上實現自己的想法？」

「那個什麼，對，勒・柯布西埃，想法就不錯。」

「他有他的問題，比如在一個公寓房間裏，有的心理問題，設計上並沒有解決，父母的事，孩子不可能全都不知道……問題不在這兒，理想也不是一個。建築師，應該使人們從實用空間中不斷得到超出日常生活經驗的感悟。」

「這是哪一位建築師的想法？」

「你身邊的笨蛋。」

四周靜靜矗立的樓羣如星空。

亮燈的窗口已很少、很少，少，越顯得奪目。寒風中，突然變得大而模糊，亮晶晶地滿了眼……

建築想像的建築師！

我堅信，你建築的不是白日夢。

我知道，我理解，我堅信你！你卽便不是任何一個勒・柯布西埃，你卽便無名，你卽便到現在沒有眞正實現過你的構想，我知道你的智力、體力，一步步爲實現去做的腳踏實地！難道，就只是聽任我們的想像走在日常生活的經驗之前！只是！難道因此我們只能做成熟的兒童夢！只能做夢……

卽便在空蕩蕩的大街中間放聲大哭，也不是丟臉的事。

我站住。

樓羣中，燈已極少，各不相干。

「你怎麼了?」

「我走不動了。」

我眞的走不動了。

周圍什麼都沒有，沒有地方坐，也沒有地方靠。

「來，把我當做一棵樹，靠一下。」

我反過身來，背靠住他，他雙手攏住我，輕輕地搖著，像搖一個小孩子。不由得不笑這眞誠相待的無用的兒童把戲，你靠的樹已經四處奔跑了一整天，去尋找新的可能。想著，於是，便離開他。

「我們還是回家去吧。」

「你的主人怎麼辦？」

「我們在客廳裏好了。」

電梯早已停止運行。

「建築師，我告訴你一個住戶爬樓梯的體驗，你一步也不要加快，也不要減慢，也不要說話，也不要想任何事，只要機械地、均勻地輪流擡起左腿、右腿，你就，到頂了。請你走在前邊，在前邊的人，機械化是自如的。」

樓梯是黑的。在設計裏，似乎就沒有設計爲樓梯裝燈。

公共走廊臨街窗外的路燈，居然能透過窗，走廊，門，照一點樓梯拐彎的地方。越往上，拐彎處也漸暗，路燈落在下面了，太下面了。黑到底，也到頂了。

走廊的燈還是壞的。

我輕輕摸到門，輕輕打開。我們輕手輕腳進了客廳，輕手輕腳，把沙發併起來。沒有開燈。我怕開燈、關燈的聲響。我忘記把被子從臥室的壁櫃裏拿出來。合著衣，我們躺下。

我們的頭和牆靠近，隔壁是安靜的。一肯定睡得死死的，我却在黑暗中看見一單純的眼睛。

「我們應該把門插上。」我在他耳邊低聲說。

「我來。」他起來。

他在門那兒弄了好一會兒。不知那裏是怎麼回事，我也起來，摸到客廳的門。有插銷，但是，插不上。我從來沒有想過要插客廳的門，更不會想到事先試一試。無論我們怎麼小心翼翼地試了又試，肯定已弄出聲響！我眞怕一會被驚醒，會起來去上廁所，會好奇客廳裏有什麼……寶貝兒霍夫曼演克萊默的約會時，不是被那睡眼矇矓的孩子在半夜的過道上撞上一個一絲不掛的婦女……好尷尬的遙相呼應，寶貝兒！我動手把茶几搬過來，很吃力，動作很輕，把茶几頂在門口。「這毫無用處。」他低聲說。「知道。起碼，感覺好一點……」

起碼，萬一早上一的媽媽來推門，爲了拿件什麼東西，或者給我留句話，從門縫看到茶几，她會明白這個暗示？她會不會傷心?!重新躺下，只蓋了大衣，身子下的沙發透過毛衣，覺得是冰涼的。他伸過手臂，做著我的枕頭。能躺在一個你想的人的懷中，不管怎麼樣，已經是一種幸福，我想。他溫存地，也是小心翼翼地撫摸著，吻著，儘管知道這樣小心翼翼有多麼窘迫，也還是覺得幸福……任那輕輕的吻，在額頭、眼睛、臉頰，忽然在耳邊，微微地癢，癢得我好想咯咯笑！不敢笑，只有躲，小心地躲，越躲，他越任性，索性翻身吻他。在黑暗中，定定地，凝神看，只有這個切切實實的時刻，他在你很近很近的眼前，在你的手的觸覺之中……覆下身，忽然，覺得牆那邊有聲音！不動，再聽，似乎沒有，我伏在他耳邊：「我很幸福。」因爲一個念頭出現：不知道一的媽媽多久沒有得到過男人的愛撫了……隔著一堵牆，輕輕地，如同犯罪，却眞是幸福了！說不出感激什麼，就是感激，吻他撫摸我的手，他似乎體會我的意思，他把手緩緩地抽開，然後，緩緩地，撫摸著我，讓人只覺到寧靜，安全……在溫柔的愛撫中，我聽到他低低地嘆息：「女人活得眞難……」極冷！從來沒有過的感覺。最近最近地方的孤立無援。突然在被愛撫、被理解之中，透徹了自己的位置：你，是完全獨立的，是完全要靠自己生存下去的。怎麼會是這樣的呢？怎麼會在你以爲最親近、最可靠的男人懷裏聽到這句話，便一下把你推到一片空空蕩蕩之中……我一刻也不敢合眼，我不願意被無法解釋的場面弄壞了一的媽媽對我的信任，還有，更要緊的，一，對我的信任！卽便一的媽媽理解，一，無論如何也不能理解這種場面。每個瞬間我都在他的懷抱中緊張傾聽著隔壁的動靜。

一雙眼睜睜，晨曦慢慢爬上來，佈上天花板，佈滿靜悄悄的客廳。

有響動。是一和媽媽起來了。聽，是去廁所，是刷牙，是煮牛奶，但，爲什麼，母女兩人一句對話也沒有?!是她們之間對這間屋子裏的情景有一個誰也不對誰說的想法?是一的媽媽明明知道，有意，也只能不做聲。脚步聲就在門邊來來去去，聽得出，在穿外套了，在戴帽子了，在穿鞋了。一的媽媽爲什麼要把一帶走?!

聽見門輕輕地關好。

星期四

他也走了。

池子裏留了一堆餐具。一和她媽媽的，他的，我的。倒上洗潔劑，微微的清新和著手下雪白的泡沫漂浮，一一地洗著碗、盤、勺、筷子，一一用毛巾擦乾，一一放入各自的位置。

傍晚，一和媽媽回來了，什麼也沒有問，彷彿什麼也不知道。說是臨時想起來，帶一補牙去了。想想，也對，從星期日就開始念叨，還有兩天就要開學了，不補的確沒有時間了。不知爲什麼，我發現一的媽媽穿得比平日漂亮，眞的比前幾天漂亮。她把那件漂亮的外套脫下來，換了一件家常的衣服，我不動聲色地留了一下神，看她脫掉舊皮鞋在換拖鞋時，手上在打開一個塑膠袋，從裏面拿出一雙新的，但鞋底顯然是走過路的皮鞋。我們一如往常地一齊做晚飯，彷彿眞什麼也沒有發生過。

吃過晚飯，一還是看電視，我還是戴上耳機坐到寫字臺邊。我只是堅持坐在那兒，堅持著寫字，但對筆下的東西越來越陌生。從頭開始懷疑。

一的媽媽把一只碗輕輕放在我的左手邊。

又是一小碗煮棗，暗紅的小棗，煮得不完全泡發，微皺著，插了幾根白色的牙籤。戳起一個，幾道暗金的粘粘的絲兒隨著被拉起來。

一陣平和的溫暖又輕輕地升起。回頭看，一也在吃棗子。你呢？我想問，又不想動嘴。想享受一下這種奇怪的幸福感。當一個丈夫，哪怕有一點點拈花惹草的心或行爲，回來，聚在一起的，是這樣的妻子，這樣的平和，眞是男人能享受的一種幸福感呢！坐在那兒一動不動地想。

吃著棗，便和一坐在那兒看無聊之極的電視，順著懶洋洋的慣性看著變化的畫面，心神不定地想著小說，想著人，又想著自己。一靠在我身上，手裏的遙控器不斷指揮著電視頻道和畫面的轉換。隨著頻道的變動，我大聲批評著電視節目，外國愛情連續劇！歌星演唱！做作的兒童表演！又是外國愛情加凶殺的連續劇！亂煽情！弄得小孩兒們從小就進入自我暗示的多情善感！瞧吧，這就是電視時代！「一，看那個賽車的。」「不，我要看瑪麗安娜……」「我要看賽車！」嘿，我們怎麼就也表現了一幅其樂融融的現代家庭畫面？突然想起，不知一的媽媽在幹什麼？

她在廚房裏，正用去汚粉擦著煤氣灶灶臺水磨石板上的油膩。

「對不起，這完全該我幹的！」

眞是，我怎麼會忘了弄乾淨這個地方！

「你老是趴在那兒寫，夠累了。我們上班的人，其實到了辦公室也沒什麼事，也不動腦子。我這也是順手弄弄，其實，我那個家，才是亂七八糟，根本沒有時間收拾。收拾收拾你這兒，還挺方便，這幾天有你幫著帶帶孩子，眞緩了口氣……」

我靠在廚房門口看她幹著活，叨嘮著，我發現我不是懷著凄涼看她，心裏有一種自私的喜悅在對比。因爲我正有一個可以想的人?!她也一個人幾年了，有沒有男朋友?有沒有人向她暗示或表示過?她每天要跑很遠的路，但生活的圈子，比我要小得多，在她的循環裏，她有多少機會能夠遇上什麼人嗎?我不敢問，只覺得，我揣著的這種喜悅自己的念頭，實在是太奢侈了！

我是不是應該放棄一點兒我的「自由」，更多地帶帶一這個「小尾巴」，讓她有時間、有機會也尋找尋找自己的快樂！

我只敢胡思亂想，決不敢開這個認眞的玩笑，怕她不高興。於是，問：

「星期六，你又要帶一跑出去找琴練?」

「是啊，不然星期日回課的時候，老師又要不高興了。」

「那明天你別去上班了，我來寫個病假條，你也在家休息一天。」

「你能開到醫生的病假證明？」

「不能。不過，家長既然能給孩子開假條，說，病了，不能去上學。我這個臨時家長也可以給你開假條呀。」

我們笑了。笑著，她仍然認眞地擦著一個地方，口氣平和地說：

「人家生病，都是丈夫打電話到辦公室來請假：我愛人病了。我呢，得自己給自己請假。」

「這可不容易演！就是眞病了，你也很難在電話裏有氣無力地自己說：我……病……了。聽著戲過了！」

「可都是眞的……」

「也可以不是眞的！」

一突然插在我們中間。

「怎麼可以撒謊呢？撒謊不是好孩子！媽媽撒過謊嗎？」

「那，那，說去醫院看爺爺……」

「是呀，下午，不是去看爺爺了嗎！」

「上午……」

我想起漂亮的衣服和塑膠袋裏的鞋，裝作若無其事地走開，去客廳轉了一圈，又回來：

「你早點睡吧，明天，幾點鐘回來？」

「不知道，我還得去……」

「沒關係，我們等你。」

「我儘量早一點兒趕回來，我爸爸又住醫院了。」

「一，我們等媽媽回來吃飯，好嗎？」

「好！」

「等到十點，餓了，也不吃飯，行嗎？」

「行！」

「好，睡吧。」

「晚安！爸爸。」

「晚安。」

我使用的詞彙怎麼竟會這麼少了呢？不論是演爸爸，還是寫小說！我一個人在樓下散步，等她們洗完了，安頓了，睡熟了，我再回去幹活兒。

假如是好天，一定要帶一散步！

一個人，在寒風裏走著，再次提醒自己。這純粹是你自己的愛好！應該帶一去遊樂場，帶一去爬山，去踢球……

摸著黑，輕輕進了門，聽聽，她們果然睡了。摸著黑進廁所，開開燈，嚇了一跳，抽水馬桶水箱上的瓷蓋子掀起來，馬桶的黑木坐墊翻到地上去了，好像發生過一點和暴力有關的行爲。伸手拿起水箱上的蓋子，想檢查一下，嘩啦啦，一堆瓷掉下來，在靜夜裏，簡直驚天動地！

臥室的門響了，一的媽媽穿著睡衣睡褲探進頭。我感到很抱歉，打擾了她。她的口氣更抱歉：

「都怪我，剛才摸燈繩，一下子把水箱蓋子掀下來，砸下來的時候，又把坐墊也砸下去了，一場糊塗，我把那些碎片收在一起放在信封裏了……」

「沒關係，沒關係，這是設計不對頭，燈繩的位置應該在門邊或者是門外。你別凍著了，明天我來修。」

我感覺必須表現得大包大攬。

一個人，站在廁所裏，看那些爛七八糟的抽水馬桶。看了一會兒，認定一瓶「五〇二」萬能膠就能使它復原。

從儲藏各種工具的小櫃裏拿出「五〇二」，是哪個朋友帶來的，並且帶了警告：「留神，搞不好，會把手指粘在一起，弄都弄不開！」「那怎麼呢？」「用刀片割開。」我極其小心，用「五〇二」的瓶嘴直接對著要粘的坐墊塗抹。粘好坐墊，在地毯上鋪一大張報紙，把水箱蓋放在地上，把碎瓷從信封裏倒出來，眞不少，跪在地上，像修復出土文物似的，細細地對那些瓷。瓷的邊緣銳利，不規則，「五〇二」塗上薄瓷邊的同時就淌到手上，手指果然立刻就粘在一起了，粘得緊緊的，像天生就長在一起！而且兩只手各自粘成一體！我惶恐起來，眞用刀片？我跑到水籠頭前，用水冲，用一只併連的手，去撕另一只併連的手。「五〇二」也不是那麼靈，手指還是撕開了，皮也被撕下來了一些。不過，水箱蓋復原了。

極滿意地觀賞著自己的成就！撫摸著傷痕累累、凸凹不平的手指，還有凝固的「五〇二」粘在手指上。

假如，這時他會像那一刻一樣來握我的手，

他會問那句：「行嗎？」還是立刻倒了胃口？

我獨自微笑。

索性自己修燈。走廊裏漆黑，把公寓門打開，讓室內的光線補過來，輕手輕脚搬過茶几，擡頭看看高高的頂，再搬來一把椅子，架在茶几上，爬上去的時候椅子和茶几一起搖晃，彷彿雜技演員在準備表演，千萬別乒乒乓乓地摔下來，那效果，那動靜，一定比水箱蓋砸下來的時候更壯觀。踮起脚尖，搆到燈泡，擰著，怎麼回事！整個燈罩和走廊頂板的底座在手的感覺之中，分明是在和燈泡一起旋轉！分明該把牢一部分，好轉動燈泡，但決不敢抓任何地方，已經習慣地拉過數次燈繩，這一刻，完全不知道它是在開、還是關的狀態裏。電工操作的第一章第一小節就沒有能把握。試電筆插在右邊的褲口袋裏，顫巍巍地鬆下手，換手，取出試電筆，這兒、那兒，試試，沒有電似的，但還是給不定「安全」的定義。白讀了書，包括天體物理和科幻小說，換個燈泡仍然怕電著！嘲笑著自己，同時，委屈得要命，爲什麼每一件、每一件事都要變成女人也能做?!好博大的思維！批判著自己，更凝神於脚尖和手指同時的感覺：把壞燈泡摘下來，讓椅子在晃晃悠悠之中絕不倒翻！終於，從左邊的褲口袋掏出準備好的新燈泡。

爬下來，摸到燈繩，一拉。

燈亮了。

站在「脚手架」旁，仰著頭欣賞自己的傑作。沒有你們那半個世界，我們也支撐著自己！竟在心裏發起宣言。唉，其實是一件世界上沒有任何人會給你誇獎的多麼簡單的簡直不能叫事情的小事。這一切，只不過是因爲一個男人眞實地出現在你的眼前，你的動機，便全部改變！

忽然之間那個宿命的角色跳入。

他慢慢地把盔甲的扣子解開，當他把它取下來的時候，顯露出布侖希爾德的臉，她的長髮飄散在她的胸前。他注視著她，拔出劍來，將她身邊的冑甲的環鏈砍斷，輕輕把胸甲與脛甲取掉，一個身穿輕軟女裝的女子躺在他的面前。強悍抗爭的使命的動機與愛的喜悅的動機交替地伴隨著他的驚嘆，命運的動機響了，充滿莊嚴的意味：

總譜現在變成眼前的一片畫面。

他俯下身來挨近布侖希爾德，閉起了眼睛，以自己的嘴唇壓在她的嘴唇上。

布侖希爾德醒了！齊格弗里德[1]吃驚地站了起來。她站起來了，她以高貴大方的姿態，以威風有力的談吐，表示出她再度得與世界相見的愉悅，隨著命運的動機：

---

❶ Siegfried, *Nibelungenlied* 英雄史詩中的主角。

她詰問把她從睡夢中喚醒的是那一位英雄，他的動機如一聲驕傲的回答一般地響了出來。代表愛的談話的動機，在歡忭的樂句中：

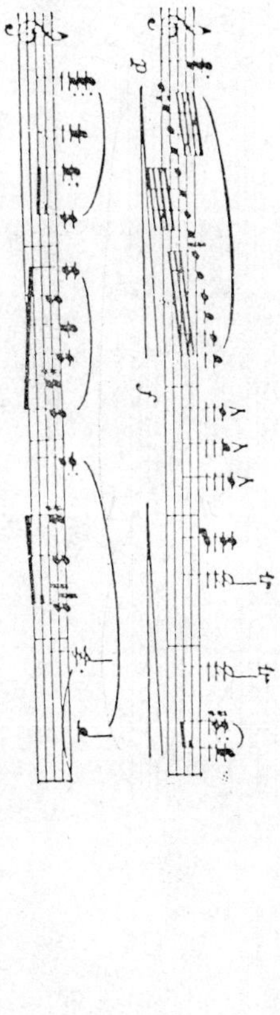

這個動機把他們兩人的情話結合在一起，後來，好像再也不能把他們之間的歡悅盡情地表達出來似的，於是，又接上一個代表愛的熱情的動機：

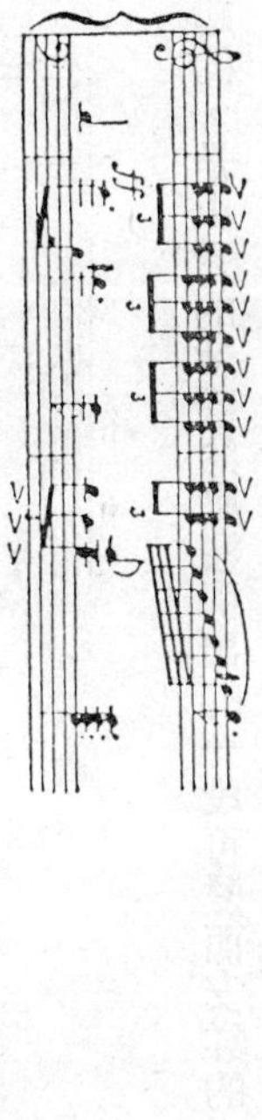

……繼起的，是由愛的恬靜的動機引出的一段可愛而安詳的音樂：

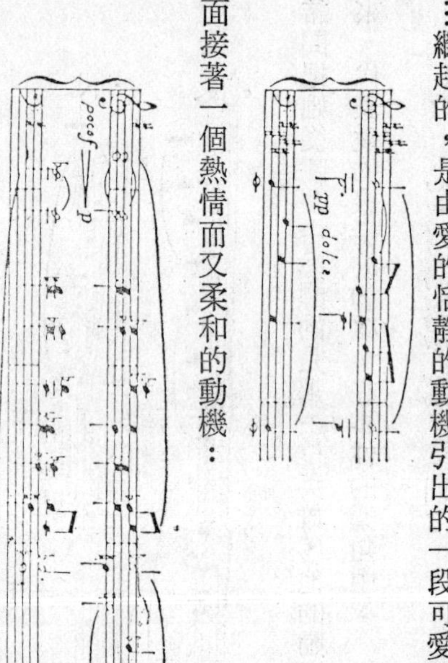

後面接著一個熱情而又柔和的動機：

這動機代表著保護者的他。它在布侖希爾德的心上引起了純粹屬於人性的熱情，她以女武神的歡呼及愛的奔放快樂的聲調，回答了傲然的齊格弗里德的動機。

她聲稱是歸他所有了……

只有在靜夜，在紙面上，獨享著神與人結合的境界。

星期五

我把被子疊起，挪動著沙發，一在我身後叫著：

「你這裏不是有五線譜嗎?」

她手裏拿著我扔在當床的沙發上的《尼伯龍根指環》[11]——《女武神》的一本總譜。

[11] *Nibelungenlied.*

「一，你能視讀嗎？」

「能！可惜你這兒沒有鋼琴。」

「你能彈嗎?!這可太複雜了！」

「太簡單了！我已經在彈『五九九』了。」

一又看電視，我又戴起耳機。拿著筆，筆下無字落在紙上。

我總在不由自主地追憶那短暫激情的，每一個瞬間的逼眞；又總在後悔，總在懷疑，從頭至尾懷疑那是一個陷阱，而我，是自己打開井蓋，自己跳下去。是一個人在井裏掙扎。想到底，我們其實都是這樣地有著分寸，預先的分寸，都相當地愛惜著自己已經受過傷害的神經，保護著殘存的情感，不肯再全部投入，怕在這一把的遊戲中輸光餘下的本錢，我們大約就是在做成年人的遊戲，哪怕你感覺智力競賽已喪失意義，互相體貼，超越交談，是人間頭等重要和最具意義的事情！但即便在感覺著體貼被體貼的時候，對動作充滿了理解的感激和感悟的時刻，爲什麼同時又覺得隔著一層！那個時刻，你眞希望墜入單純的激情，墜入一瞬間的愚蠢、糊塗、幼稚、兒童的行爲和簡單的衝動之中，別無他念！難道，保持距離，和撲上去、不顧一切，都成了你後天性格中致命和護命的東西?!……當他的舌尖輕輕地舔著你的耳朵，那輕柔的癢，是唯一的全身心地被體會過的瞬間……

「爸爸，你想什麼呢？」

一站在我身邊。

我攬住一。

「我在想我的工作。」

兩個人吃著午飯的時候，一的頭轉來轉去：

「你這兒眞……」

「眞不好玩？」

「嗯。你爲什麼不養猫呢？」

「猫？你不在的時候，我也出門兒的時候，猫怎麼辦？再說，猫還得拉屎呢。」

「是呀，還得教猫拉屎。」

她很鄭重地點點頭。

「那你爲什麼不結婚？」

她仍然很鄭重。

「和誰呢?」

「和男的。」

「和哪個男的呢?」

「那，你連個孩子都沒有。」

這孩子怎麼淨是鄭重的問題，是不是我這兒眞的太沉悶了?連一也受不了我?!

「我有你呀，孩子。有個男人，我就不會那麼愛你了。」

我溫和地說，心裏凄涼，爲自己。

「根本不用男的，從醫院裏出來，不就有孩子了嗎?」

誰也要笑起來!

「你從哪兒聽來的?」

「看見的，都是這樣的，從醫院裏抱著一個小孩子出來了呀……」

笑著，想：我肯求他，別走!在一起!一天，一天，一個人，太久了，日子太久了……

「我爸爸不好。」

一突然說。臉色仍鄭重。

「怎麼不好?」

這孩子怎麼今天也滿腹心事?

「坐公共汽車的時候，我爸爸老咬我的耳朵。」

「咬得重嗎?」

「嗯……我現在嘴裏有飯，也沒法兒咬你一下呀。」

「那，有點重，還是很重?」

「不重。」

「那，他是愛你呀。」

「咬的時候他沒有說呀!」

「那也是愛你。」

「不，他不愛我。」

「爲什麼?」

「他不管我。」

我不知道該說什麼好。

「他現在有個小孩子。」

「男孩兒?女孩兒?」

「男孩兒。」

「你見過?!」

「見過。他和那個女的約會的時候帶來的,還叫我們一塊看小人書。我和放放都見過那個女的,我們管她叫『臭美妞兒』!」

「她漂亮嗎?」

「不!世界上最漂亮的,是我媽媽!」

我被她的鄭重震動了。

「他們約會,當著你們?」

「啊!他還沒有和我媽媽離婚呢!」

「那是什麼時候?」

「四歲半的時候,我現在七歲半。」

「你全記得?」

「永遠記得。」

「永遠?」

「永遠!」

「當時你知道那不好?」

「不知道,後來知道了。」

「後來是什麼時候?」

「現在呀。」

「現在,我愛你,知道嗎?」

一鄭重地點點頭,專心吃飯。

我突然怔在那裏。

給我看過手相的人!

神情寂寂,口氣淡淡:

「你命中有貴子。」

那時候我在心中流淚：

如果有，已經沒有了。難道眞是命?!那時候，我們似乎都有一點會看手相，都有一點相信命運，都有一點什麼都不再相信。

那時候，我鄭重地平舉著自己的手，同時，笑自己如此鄭重，笑得手直哆嗦，哆嗦得他好久看不清紋路。他已經等了又等，我已經忍了又忍，就是忍不住笑得哆嗦。我眞怕他要煩了，怕他從來沒有留意過我，到這一刻留意了，我的樣子却好傻!他眞的在說：「你爲什麼老愛笑?」我心裏在答，也在問自己：「你爲什麼老愛笑!」他擡了頭，寡著臉，對著我拚命控制但就是控制不住的傻笑，笑了。笑完，靜靜看我一眼，又埋下頭看手，說了那句手相。

我記得那一眼，如同記死那句話，因爲那句話，因爲那個「命」，依然舉著手，面對埋著頭依然在淡淡說相的人，便鐵定了：從此絕念。爲什麼會有這樣事後的預言?爲什麼會有這樣的幸福?爲什麼我不能把沒有了的幸福給你……老天爺罰我!因爲我太愛，愛得太傻，太聽話。

那時候，我坐在大廳裏一張長椅上發呆的時候，就已經晚了。那是黃昏，還沒有開燈，呻吟聲、吐痰聲、叫號聲、訓斥聲直滙向高高的大廳頂部同時又倒灌、彌散，在那片混聲中我只是呆坐，什麼也沒想，沒有任何一絲念頭，連對那個叫做丈夫的人，這一次竟然會陪著我來的「感激」的念頭也沒有，只是等待寫著「人工流產室」那個門口出現一個冷冷的護士，把我當作一個號碼叫進去……後來，我又坐在醫院大門外的一塊大石頭上發呆，這會兒我都奇怪，那裏怎麼會有一塊大石頭?!石頭是冰涼的，我就是坐在那裏發呆。我判斷我的丈夫是耐著性子在等我說服自己承認已經完了的事實，他的一隻脚踩著自行車的脚蹬子，車輪在前後移動，他的耐性極其有限，他有耐性待我的時刻極其有限，我應珍惜這一刻的耐性了！那就是我全部的念頭。那個念頭伴著車鈴聲、叫賣聲、吆喝「借光啦您吶！」的悠悠的市聲，然而我就是沒有辦法使自己不坐在那塊大石頭上發呆。他當然拋下我走了，他走了我就有了自救的能力，能夠從發呆的狀態掉回現實。我能夠走了，還是走回他那裏，在他可有可無的感覺中，自哀自憐一會兒，終於完成了那段故事。可我把故事寫得太「漂亮」了！

……難道我命中眞的有過一個大福大貴的孩子嗎?哪怕，是給一個普普通通、還算聽話的孩子呢！——只有一個瞬間，我想跪下懇求，只有那一個瞬間，我的懇求被閃電照耀。那是一個傍晚，我一個人，坐在公共汽車上，向挺遠的地方慢慢地搖晃。昏暗的路燈不斷滑過，突然，便將自己的手，手心向上，舉起，看自己掌中的紋路，想那已經失去效力的咒語和人。人果然幸福了。於是，把那看手相的細節，寫入故事中，送給一個普通的少婦和她平實的夢……

在厨房裏洗著碗，濕著手，又一次看看自己的手掌。掌紋有了變化！掌紋的確會變化的。不通的，會連接，沒有的，會出現，只要你自己在變化，肯變化！

這一刻，想要招喚回憶，拼命地想叫所有清新的回憶來到眼前！却得不到那份清新，那份溫和；所有的，都烙著心，跳著，閃過。

誰也不會留意你舉手，誰也不會留意你垂下手。我在想，我最終還是沒有錯！沒有！假如我當時再少一點點理智，少一點點判斷力，再多一點點女性的柔弱，多一點點天性中比女性的柔弱更本能的母性的溫存，我不必爭奪一個孩子，只以可愛的愚蠢保留住契約存在時允許的任何一次「孩子」，我也許沒有現在。不是也許，是根本沒有！當人家度假，你在為你的人物一塊一塊地搭起活動的布景；當人家聊天、散步，你在讓你的人物說話，也散步；人家做愛，人家吵架，你在一字一字地磨。你毫無獨自炫耀或在人前懺悔的必要，如果有一個孩子，人家度假，你帶孩子，人家聊天、散步，做愛、吵架，你帶孩子，你肯定多一層極度疲勞之中對著孩子安詳微笑的感覺，你會撐足精神，因爲你有一個還未長大的孩子！儘管你現在得到的全都是白日夢，但不能抱怨老天爺懲罰你。你自覺自願地判斷並且選擇了。你，只有認了……

「爸爸！」

「……嗯?!」

「你能不能告訴我，我和媽媽什麼時候能有一個自己的房子？不老到處跑？」

我看著一。她媽媽說過一保不住秘密，我怎麼能跟她解釋清楚，這處房子正在排著「換房大會」無期限的隊，正在積極地私下裏不斷談判，私下交換……一只會和嚷嚷「我有爸爸了！」一樣地嚷嚷，「我有房子！」那些人不把她可憐的媽媽吃了?!我只能一言不發。

我叮囑過吃得慢的一吃完飯以後關掉白天也得開的餐桌上那盞燈。我發現她沒有做。

「一，我說過了，你應該記住，應該開始學會自己做事。」

「你幹嗎管我這麼嚴！」

「你說呢？」

「爸爸從來不管的，只有媽媽才管這些事。」

「是的，我是爲了你以後，以後，你總得一個人生活呀！」

「一個人？」

吃過晚飯，我和一的媽媽忙活起來，決定下個星期開學給一用哪個飯盒送飯。我這裏有兩個飯盒。一個日本的保溫飯盒，很大，裏面分了幾個盒子，一個飯盒，兩個菜盒，還有一個筷子盒以及一個湯盒。什麼都沒裝，已經有些份量。一的媽媽背在肩上，在房間裏走了走，選了那個輕便的不銹鋼小飯盒。

「一，準備好呀，咱們又要開始擠車了。」媽媽笑著。

「嗯。」一也笑著。

她們笑得好輕鬆，帶著默契，彷彿聯手的玩伴兒，你想加入那份心領神會的配合和快樂，很難呢！竟有點兒叫人嫉妒。

「今天，一跟我說，說媽媽是世界上最漂亮的。」

一的媽媽仍然笑，手裏在洗那個小飯盒。

「這眞是很奇怪，你沒發現嗎？孩子們都覺得自己的媽媽最美。其實，媽媽一點兒也不漂亮呀。」

「不！媽媽眞的眞的最漂亮！」一貼著媽媽的腿扭來扭去。

「唉，昨天，我請了半天事假，回去參加我原先上的中學建校一百周年的校友會。我們班同學聚在那兒，好多年不見，發現都變了，都老了。」

原來她穿得那麼漂亮，是去參加校友會！我知道她上的那所中學，早先是個貴族學校，相當有名，一直是女校，她上中學的時候，那學校仍然是第一流的，她在那個第一流的學校裏，從初中到高中，都是高材生，那個學校的貴族氣質，一直保持到她念書的時候，她們那些人的舉止、談吐、教養而非穿戴，深深地刻在我少年時的記憶中，提起那個學校的名字，就讓人想起精神上的華貴和傲慢……

「完全可以想像，那麼多當年都很棒的女生，如今重新聚在一起，變化一定大得很有故事！」

「可不是，互相一問，幹什麼的都有！簡直想像都想像不到有的人會變成那樣……」

「那你們連共同的話題也很難找到了吧？」

「當然有！」

「什麼呢？」

「最好別工作了，只要把孩子撫養、教育好。」

她平靜的話淹沒在水籠頭噴出的水聲加上手的動作使水聲變化了的聲音中間。

我們在一起生活了幾天，沒有仔細交談過什麼，也沒有時間交談。但我覺得她很美。

她纖細、文雅，對一，對我，都有耐心。她不躁，不發呆，是不是因爲我們性格、職業不同？假如一個男人，一個丈夫，時時地，有對對方不必說明的體察，那疼愛，會不會在平淡中已經不知不覺加添了幾分？我不知道在男人眼中，她是否還具有吸引力，我不知道。我眞遺憾她這種美，也許沒有被男人充分地發現！我不知道她是不是眞的那麼平靜，只剩一個撫養、教育孩子的責任和一日一日地付出，還是，她其實也和我一樣，在冷靜之下，也時時地潛伏著渴望?!我眞不知道！我眞的佩服她平靜的韌性。也許，這是無奈？也許，她也後悔？她只是承認、承受著這份現實的存在？她哭不哭呢？她什麼時候，在什麼地方哭呢？

我心裏覺得淒苦，爲自己，也爲她，現在這一刻，我很想伸過手去，摸摸她的頭髮，拍拍她……

我眞的很想！我站在那兒習慣地判斷自己，沒有同性戀的問題，也沒有絲毫的心理嫌疑，我只是直覺著，她需要被愛，和我一樣。

當然，我只是拿過擦餐具的毛巾，細細地擦乾那個飯盒。

星期六

這是最後一天。

她們要走了。他說過要來。

這一天，如同一幕戲，一如往常地開始。起來的時候，一和媽媽又不在了。爲了明天的鋼琴課，必須找個地方去突擊練琴。

被子疊好了。小碗裏還有我的一個鷄蛋。吃了那蛋，洗了那碗，懷著一個固執的念頭，一定要在今天，最後一天，爲一買到一只碗！這個念頭不必寫在我的「節目表」上，這件事比今天出門要辦的所有的事都重要，甚至超過今天將給我一個答覆的房子的問題。

房子問題只需要一個電話，在出門之前，在清晨剛上班的時候，可能用電話抓住對方的行踪。

公用電話在「我」的樓旁邊一幢樓裏，那個公寓，被也叫做「街道居民委員會」的小機構和一個小衞生室以及一羣外地來的小裁縫同時占領。

公用電話在門邊的小桌上，打電話的人排著隊，個個看著手錶，不耐煩地盯著正在撥號的那一位。在縫紉機的聲音和撥號以及單向的話聲中，我聽見裏間討論的聲音：「晚期引產，」「同意。」「未婚同居，」「同意。」

裏間一張桌子邊，坐著一羣戴紅箍的婦女和一個老頭兒。把頭探過去，原來在玩一種類似塡空的民意調查表的遊戲。

「你幹嗎！」她們都很警惕，很嚴肅，很習慣。

「我好奇，你們爲什麼會同意『未婚同居』？」

「因爲缺少住房嘛！」理直氣壯地。我覺得老太太老頭兒個個都很可愛！

又回到門口的小過道繼續排打電話的隊。一個胖乎乎、氣呼呼的婦女領著一個小孩子走過眼前，我猜那婦女是保姆，聽口氣。那小孩子走到我跟前，死活不肯再動一步。那保姆一甩手：「死在這裏好啦！」自己進居委會去交什麼費。

現在我前邊沒有排隊的人了，只有不斷撥號的這一位。

那孩子在慢慢後退，退到半敞的門邊，當作角落，緊緊貼住門框。戴著一個大大的草帽，大檐兒，很威武，帽檐兒下，是一張玲瓏的小臉。

「過來！凍死你！」保姆在裏間朝這兒喊。

那孩子固執地站著。

「來，過來，門口冷。」我說。

孩子仍然固執地站著，並且，不吱聲。於是，我恨恨瞪著那個廢話連篇的傢伙，逗孩子開口，我已經很會了：

「你是男孩兒還是女孩兒？」

孩子不吱聲，也不動。

「我看你是女孩子吧？」

孩子搖搖頭。

「是男孩子?」

孩子點點頭。

「你不像男孩子呀!」我希望我的挑戰成功。

男孩子又是不吱聲，不動，緊貼在門邊。

於是我又想了一招兒：

「來，摸摸手，門口有風，看看你的手是不是冰涼的。」我伸過手去，他的手不動，我抓住他的小手，他也就叫我抓住。

竟然，我的手比他的手還涼!

嘴上仍在逗著他說話：

「誰的手涼呢?」

孩子看看我，不吱聲，聽憑我抓著他的手。

溫暖的、陌生的這隻小手。

突然之間，我切切實實地感悟到：我所有醒著的時候的忙忙碌碌，所謂的事業，都是一個巨大的空洞!沒有為一個實在的生命，實在地付出著什麼!醫生告訴我，我不可能再有孩子了，我也並不眞想有一個自己的孩子，我知道我沒有辦法把握一個生命的成長，而我也就確實沒有爲一個活生生的實體去固執地、苦苦地追求，奮爭。我從來沒見過他的孩子，他說過的，他們好幾年沒有孩子，怕撫養不了，有措施，却意外地有了，於是，叫「意意」，竟和「一」是同音！沒有想過。那也是一個好孩子，聽他的敍述，在他前妻手裏，那孩子好像過得不如意，因爲托的人，有時打那孩子……我幾乎時刻想著他，渴望緊緊抓住他，在心底裏無數地懇求著他不要再從我的生活裏消失掉，但是，我是不是眞的像現在伸出手來握住這隻陌生的溫暖的小手一樣，拿出實在的勇氣和準備，面對和幫助他一起接受這一點點現存的?!

孩子仍不動，我也不動，手也各自不動。

孩子的眼睛也不動。專注而莫測地盯著我。

我低下頭，看到自己的膝蓋，看這條穿了好幾個多天的牛仔褲。

突然想起，當我發現我喜歡上他的那一瞬間的事。跳進我腦子裏的第一個念頭，立卽就對他說出來了，那眞是些非常可笑的話：眞是煩人！爲了你，我又要開始注意自己的穿戴，我又要開始爲你的存在操心，你病了沒有，你回不回來吃晚飯，你遇到了什麼事，什麼意外！天氣冷了，刮風了，報紙上的車禍，飛機失事……我眞是很自私，我眞的不願意再爲誰的存在而注意自己，而時刻分神對方……我那些話，是語無倫次一股腦兒地湧出去的，眞是非常的可笑！大概世上像我這樣自私的，自私到眞愛上誰的時候却立刻眞誠地湧出這一堆臺詞的情人——算一個情人吧？——實在是不太多！我一點也不爲這種無人知曉的稀有的表演而自得，只是很煩，煩得極爲眞切和誠懇！

……在我的朋友中間，我應該慶幸，我的確値得慶幸！我只是一個人，不負擔任何人。我既沒有愚蠢而符合天性地要一個孩子，更別說按天性和「舊」習俗的要一羣孩子的故事了。我深知，知人，知己，知什麼都靠不住，由法律確認的婚姻靠不住，靠生死戀的感情，感情是最眞實的自己感覺的情緒，感覺更加靠不住！僅僅能相信自己這一半感覺的可靠性，而你自己的感覺，也是水，是流動的，是會變的，婚姻破碎的時侯，感情的信仰並未破碎，如今，連這信仰，也在漸漸風化。男人並不比女人更强有力，更有責任感，更有信仰，從開始明白這個淺淺的現實，我就開始撤退，撤退到一個人自己固守住自己的想像這一片唯一可信的不眞實之中。就這麼守著，寫著，醒著。是，雖然我沒有爲任何人穿戴的興趣了，也沒有孤芳自賞的時間，但我也絕沒有變得更邋遢，沒有衣服上沾著油迹，沒有頭髮變成鷄窩，沒有不刷牙、不洗臉，反而，更加清潔，清潔到把清潔的自己，清潔的環境，一一作爲自己生存狀態的鏡子！我不會爲別人的存在而被動地付出，我主動地、殘酷地迫著自己幹活兒，然而，這種充滿了的生存狀態，實在是一個空虛……我到底要什麼？

電話空閒著了。孩子被人拉走了。房子的問題仍沒有結果。

仍然繼續尋找碗。那種白底、綠點的搪瓷小碗，眞的和我們的小時候一起消失了？

在一家大店專賣進口貨那一層的厨房用具的櫃臺，忽然看到幾種仿瓷的塑料小碗，一眼掃過，模樣都可愛。塑料的，該不會對孩子的長遠健康有什麼危害吧？我發現我已受了一的媽媽極深的影響，信仰所有的廣告和警告。我指定一只。

那碗是淺藍色的，偏一點灰，小小的花，不耀眼，碗是直的坡線型的，很像陝西那邊的藍花花碗。直覺著，是日本貨，看看碗底，果然，日本製造。

「多少錢？」

「五塊。」

「一只?!」

「一只。」

不免掂量起來。

「要是不要?」

「唯一的缺點，小了一點兒。」

啪!售貨員把另一只碗敲在櫃臺上。白色的，碗沿有一道咖啡色的襯邊，襯邊裏是紅紅的花，綠綠的葉，都很小，都很鮮艷，鮮艷的圖案和樣式都很乖。比了比，比「藍花花碗」更小。

「它有盤子!」

盤子隨話甩到眼前。盤子也是白色的，邊緣處也有同樣的花紋。有了盤子就好了!孩子要長大，並且已經長大了，一只碗，只夠盛下飯，放不下菜，而在餐桌上已經感受到，如果你不在一的碗裏一次把飯菜放滿，不盯著她吃完，碗越小，她吃得越少!

「多少錢?」

「碗五塊，盤子五塊，一共十塊。」

看看碗底，是臺灣的。論顏色和造型，我更喜歡那只日本碗，我猜，一的媽媽也會喜歡。但爲了實用，爲了有盤子，還是買這套臺灣的。十塊，自然不便宜，是我一月工資加各種附加補貼的十分之一。交了款，回到櫃臺，去拿盤子和碗，那售貨員忽然有了女孩子的甜味兒，活潑，微帶遺憾：

「本來，還有勺子呢，正好一全套，可惜勺子賣完了。」

「她已經不用勺子了！」

我自豪地說。

好像，眞是我的女兒，已經被我一天天地帶到這麼大！

提著一大堆菜，拉開走廊的燈，這個寂寞的走廊盡頭，絕對燦爛！

現在，她們正乘著車，從城市的另一頭趕回來。

他，大概也從另外的一頭，正在趕來。

我開始做晚飯。

一個炒葫蘿蔔絲，橘黃；一個菜花，白中透微微的綠的意思，加上切成丁的香腸，便有點點鮮紅，澆一層牛奶，白的、綠的和鮮紅的都朦朧；一個紅燒肉炖香菇，深褐；配一個酸溜溜、清淡淡的豆芽來對比。飯在電飯煲裏。只需要一個快速的湯，紫菜，蛋花，撒一末葱花。葱花切好，鷄蛋也打勻，水在湯鍋裏放好。

頭髮裏，衣服上，都是油煙味。

將那只小碗洗淨，將那只盤子也洗淨，擦乾了，找出一張漂亮的包裝紙和一根絲帶，將碗和盤子重新包裝，當一打開紙包，定會歡天喜地，討你歡心地叫一聲：「爸爸！」小孩子的小心理！

看看錶，又看看錶，還來得及去公共浴室洗一個澡。

我在門上貼了一張字條。淺綠的門，淡黃的紙，燈下，誰來，都一目了然。

飯已做好

等我回來

沒有擡頭。既像寫給妻子，也像寫給丈夫。

溫熱的水從頭頂到臉到全身，洗著手臂，手腕，然後，雙手洗著自己的身子……你！……雙手慢慢滑過乳房、小腹和腿……一片霧氣之中，一雙雙手在揉搓著各自的身體，手們，粗心地，細緻地，匆匆地。一隻手上纏著毛巾，另一隻手壓在上邊，在另一個纖細的背後用力地搓，機械而有著順序，被搓過的地方，紅起來。細細的脖頸，一邊，又一邊；細細的雙肩，一邊，又一邊；一邊的手臂和背脊，另一邊的手臂和背脊，纏毛巾的手在這裏有力地走著斜線；然後直直地刮下去，刮過細細的腰，微斜向一邊，又斜刮過另一邊。十分有力！一對結實的乳房隨著顫動。那被搓過的背脊纖細，那雙撐在白瓷壁上的手也纖細，小小的乳房，在向前微傾的不動的姿勢中，自然地、溫和地翹著……有多少生命被充分地撫愛過？享受過自己？……一道道，一團團乳白色的泡沫。泡沫不斷生出，不斷被水流沖開，順著身體的曲線畫著自然走向的深淺的白線，漸漸淡著，漸漸消失在一雙雙脚下……

我向「家」走近。高高的，藍色的夜空，黑色的樓體頂層，燈，亮著！是我忘了關？還是她們回來了？

會不會他先到了！正站在門口的燈下？他會先到嗎？他會一進門就抓住我的手，會輕輕地把我攬在懷裏，像那一次？還是我自己，會什麼也不顧，會先就緊緊抱住他，不讓他再從我身邊走開一秒鐘?!我現在想停下來，懷著好奇，想猜猜看，猜他會不會主動？

該亮的燈都亮起來了，人，都在走向歸途，演了千萬年的戲，還在從頭循環。

走廊的燈，燦爛。

門上，字條仍在。摘下來，用鎖匙打開門，屋裏的燈亮著，她們，沒回來。

現在我一個人坐在餐桌邊，打開餐桌上的燈，看著自己的佈置。

只有孩子才會發出的那種明亮、尖銳的高音從走廊門直奔耳膜！

一的小腦袋先鑽進來，然後是她媽媽。

「累了吧？」

「開了半天會……」一的媽媽脫著外套。

「鋼琴老師今天怎麼說？」

「沒好好練！老師一聽就聽出來了。」

「我們吃飯吧，只要熱一熱。」

「我來。」

她挽起袖子去厨房。

「一，我送你一樣禮物。」

「什麼呀！」

一撲到我身邊。

就在這時候，門，輕輕地被敲響，是熟悉得要命的敲法。

我們當然在開門的時候相見。一跳躍著，爲聽說的禮物，也爲來了客人。我們當然很像大人地說著話，我只聽明白一句，新的項目沒談下來，飛機票的日期已經確定。

「究竟是什麼禮物呀？」

一當然發出了預想的歡天喜地的一聲驚嘆，然後，她自然擡起頭，張開嘴，她剛要吐出字，忽然，扭頭去看站在她身邊也在欣賞那套碗和盤子的他，咯咯地笑起來，笑聲盈——

心：

「咱們的秘密！」

我突然想哭，眼淚，已經湧上來，站在一和他中間，太不合適，正好在廁所門邊，鑽進去，把自已關在廁所裏。

任何一套公寓裏的最小一室，廁所，原來是最安全、最屬於你自已的空間。我按了水箱的把手，水冲起來，水聲可以蓋住我的哭聲。但是！我立刻想起來，一的媽媽和他，從來沒有正式見過面，我得爲他們做介紹，否則，他們怎麼打招呼？

水冲完，水箱上水的聲音繼續響著的時候，我已經演完臨時主人這個角色的第一步：彼此介紹。

「好，現在，咱們一塊兒吃飯吧。」我很自然地微笑。

他脫外套的時候，我和一的媽媽商量了一下座位的安排。那個角落實在不夠寬敞，桌子的一面必須靠著牆，三面可以坐人。

於是，一和媽媽坐在一邊，他單坐一邊，在她們對面。

我也單坐，在他和她們之間。

大家並不拘束，一的媽媽很有待客的隨和，他，會逗孩子，而一，自然全是一片天然！

「喂，我出個謎語，你來猜猜！」一興奮地嚷嚷，「你千萬千萬不要告訴他呀！」

「嗯。是什麼謎語來著?」我已經忘了。

「是……」她把油糊糊的嘴伸到我耳邊，我還是一個字也聽不見。

「好好聽著。」

他點點頭。很專心的樣子。

「一豎，一邊一點。猜一個字。」

我想起來了！

「這個謎語呀，很難猜。」

他還眞會哄孩子，弄得挺有懸念！

「因爲這個謎語，有兩個謎底。」

「不對，只有一個！」

「你說的是哪一個?」

「是『蔔卜』的『卜』！」

「一!你怎麼自己把謎底說了?!」

「啊!」

「眞的是兩個謎底，你想，一豎，一邊一點，如果你回答:『卜』，我就說，是『小』，你回答『小』，我就說是『卜』。永遠也猜不對。這叫雙面謎語。」

我只看見、聽見他留給我的一如從前的溫和。

「不對嘛，就是只有一個謎底!」

「誰教給你這個謎語的?」她媽媽問。

「一個老爺爺。」

老人一定是看她太小，沒有辦法告訴她那雙重的意義。三個大人分析。

「那麼，現在我出個謎語你來猜。」他說，「你是願意猜字，還是願意猜東西?」

「字。」

「好，聽著:一勾，一勾，又一勾，一點，一點，又一點，左一撇，右一撇，一撇，一撇，又一撇。」

「這個，這個是什麼字呀?」

一的眼睛圓了。

一的媽媽笑了。

「你這個字，是『参』的繁體字吧？」她在餐桌上，反過筷子，寫下來，一不會繁體字呀。」

「對了，我忘記了，對不起，重來，我們猜東西。」

「我一個人猜不對的！」一看我。

「我幫你！」我很鼓勵、很有責任感地看看一，然後，看定他。

「聽好，兩頭冷，中間熱。看著熱，摸著不熱。我們身邊就有。」

「什麼呀？」

連我和一的媽媽也傻了。

「你告訴我嘛！」一叫喚，「不告訴她們！」於是他探過身，隔著餐桌，輕輕「咬」了一下她的耳朵。

「悄悄告訴我！」我命令。一探過身，隔著媽媽告訴我。

「眞的，是什麼呢？兩頭冷，中間熱……」

現在剩下做媽媽的一個人還在認眞猜。

「是日曆呀！」

「日曆？」

「你想，『兩頭冷』，一月、十二月，『中間熱』，七、八月，『看著熱』，大暑，『摸著……』當然，紙嘛，『不熱』。」他跟她解釋。

「噢……」她微笑，在餐桌那盞燈下，我體會出她在人前好美……你爲什麼叫我們猜日曆？前邊一天、一天，好遠，好遠……

「叔叔，」一突然問，「你有家嗎？」

我看他。

他微微一笑。

「叔叔現在是，一個人吃飽了，全家不餓。」

「這是什麼意思呀？」

一很奇怪，顯然她從來沒聽過。

「這個呀，也算一個謎語。」

我和一的媽媽一齊說。

「一個人吃飽了，全家不餓……」

一認眞地猜起來。

「對，一個人吃飽了，」媽媽趁機餵她一口菜。

「……全家不餓？」

一嚼著菜發呆。

我們都不出聲，懶得把大人都明白的這個再簡單不過的意思說出來。

「到底是什麼意思呀！告訴我！告訴我！求求你們！求求你們告訴我！」

「一，我告訴你。」

一趕快眼巴巴地看我。

我是在回答他：

「這句話的意思是：自己靠自己！一，要開學了，我給你唱支歌兒，送你上學，好嗎？」

於是，我唱徐小鳳拿手的《小二郎上學》那支歌，我的嗓子絕對可以和她媲美，比她更有力而且有眞情！

……不怕太陽晒，不怕風雨狂，

只怕先生罵我懶，

沒有學問我無顏見爹娘……

「阿姨唱得這麼棒，一，你也唱一個。」

「不，媽媽，咱們倆一起唱！」她們唱了一支小姑娘上山採蘑菇的歌：

頭帶大斗笠，

身背小竹筐……

好甜。

「咱們讓叔叔唱一個，好嗎？他也要走了。」

我不看他，却建議。

「叔叔，你唱一個！」

一命令。

「好的。」一他唱的是一個「花兒」，用的是土腔兒。

…………

你媽媽打你你不成材，
刮風下雨穿紅孩（鞋），
有什麼話你對哥哥說，
為什麼要把那烟油兒喝……

一的媽媽含著不動的微笑聽，在我身邊，我聽見有什麼東西，在她嗓子裏和我一樣咽下去。

「什麼呀！聽不懂你唱的什麼呀！」

「來，我們四個人唱一個全都會唱的！」他建議。

四個人，三個大人，一個小孩兒，對了又對，竟沒有一首共同會唱的歌！我們小時候的歌，她不會，她的歌，她媽媽會，我和他不會，十年前大人小孩都會唱的「兒歌」——她還沒有出生！

湊來湊去，找到了一首歌，找到的瞬間，我們都怔了一下，立刻都各自鼓起勁頭重新來唱：

我們是共產主義接班人，
為着革命先輩的光榮傳統，
愛祖國，愛人民，
鮮艷的紅領巾飄揚在前胸，
不怕困難，
不怕……

三個大人突然都不出聲了，只有一，繼續著她的小高音：

不怕犧牲，

頑強學習……

「怎麼啦？」

一左看右看。

「你的名字到底是哪個字呢？」

他靜靜地問。

「就是這麼一橫呀！」

「就是『一』？」

「啊！」

「當初，生了她，去報戶口的時候，還沒想出一個好名字，就先劃上一道，想，以後改什麼都好辦，以後，也沒改了。」一的媽媽笑答。

「你們不會唱歌，再出個謎語給我猜！」一要求。

我拼命地回想小時候拼命躲開的謎語，一的媽媽也在細細搜羅。

「你聽好。」他，隔著桌子對一說。

一把兩隻手放在桌上，全副精神來準備著猜。

「上不在上，下不在下，人有它大，天沒它大。」

「這個，這個，這個太難啦！」

「再想想，再想想。」

「告訴我！告訴我！」

「這個，就是你的名字，一。」

一還沒想明白，却突然叫起來：

「嘿，你要是當我爸爸就太好了！」

「一!!!」

星期日

一，請你原諒，
我記下了你對我說過的話。
你長大了，會讀這個故事嗎？

一九八七年二月一稿　北京
一九八七年八月二稿　香港
一九八八年一月二十七日——二月二日三稿　北京
一九八八年九月四稿　北京

舞臺

還是過去的哥特式建築。尖頂高聳，扇形拱密布著，每一個拱都嚴守著無數神秘。到處可以看到的坡拱線條，將神秘穩穩地拉下和推起。銳形拱和方型裝飾的護牆，直刺你最軟弱和渴望的那部分，同時冷冷地拒絕著！大型的彩色玻璃在昏暗的室內和陽光之下的外面，用不同的斑爛效果暗示著同樣的想像……儘管在佛羅倫薩，中世紀的宗教建築的空間意義已經被改變了，「哥特式」仍然和神秘、怪異、兇殺隨意置換。

意大利的同行就幹了這樣一件事。不久前，他們做了一個電視連續劇，邊做邊播，越播越紅，紅著，男主角罷戲，不拍了，要求增加工資。因爲正紅，製片人沒脾氣，讓步，加工資。再拍下去，男主角又罷戲了，還要求增加工資。這時候連續劇正在每個周末紅得發紫，收視率第一！製片人、導演、編劇全都急了眼，於是，在下一個周末的黃金時間，突然，螢

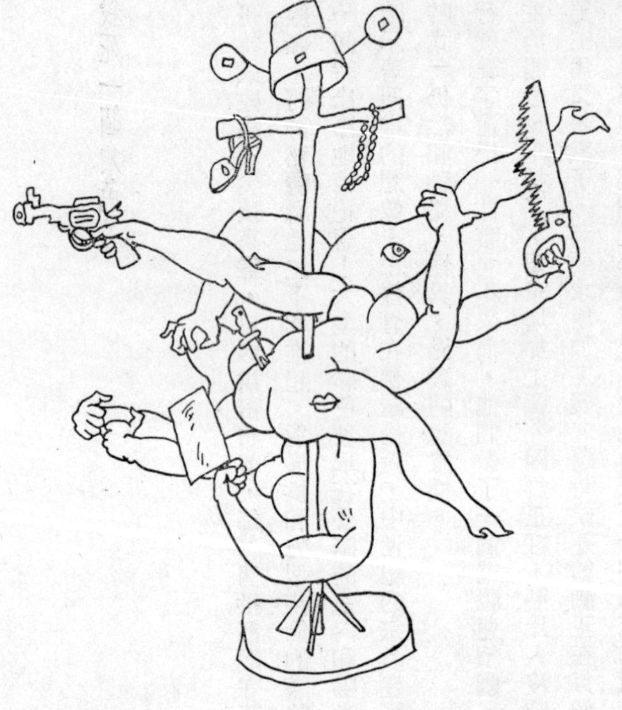

幕上出現一個殺手，一槍，把男主角打死了。當天晚上，有人砸了電視機，有婦女自殺，未遂。不久，人們就接受了新的故事、新的人物。當然，那殺手是僱來的，付的，是演員工資。

接著，我也就改了新的角色。

我們這裡，大街上的商店裡絕對不賣槍，私人也不得收藏武器，連鑰匙都不被機場安全門接受，想帶把大一點的削水果刀上飛機，絕對沒收。警察只使用電警棍。被稱為武裝警察的，佩著槍，槍裡大半沒有子彈，有的話，也只有兩粒，為這兩粒子彈到底要不要帶，是不是安全，會不會反而增加誤會以至出現誤傷好人的事件，我們相當地猶豫，經過相當的討論，還在猶豫。我們的世界多麼的和氣！

一開始我就認定，是你妻子把你殺了。我雙手溫和地握著她臂上戴了黑箍的冰涼的手，嘴裡翻捲著關於節哀的眞誠而遲到的語言，我瞧著她哭得走了形的臉，堅信我的判斷！假如不是她無休止地吃醋——更年期和不更年期的女人們以愛的占有慾爲動力和不愛也要吃醋的單純的吃醋，足以把任何人推上絕路！尤其是在我們這個地方，這兒可不是意大利，遍地風流；這裡講衞生，不許吐痰。她在不隔音的自己家裡和你大吵，她找到她以爲的女人那兒去大鬧，最最不可思議也最有道理的，她到我們叫「單位」的、給你發飯票也管著你的脖子的地方來，直撲理所當然的溫暖、公正的懷抱——黨的領導。

她什麼證據也沒有，僅僅憑一張嘴、一片唾沫作武器，就把你脖子上的繩子勒緊了。天呢！多麼偉大的思想！竟然沒有人想起來把唾沫作爲殺人的證據！沒有人會因爲使用唾沫被判刑。沒有。法律最完備的地方，定誹謗罪要旁證，要白紙黑字，要錄音，先進的，帶電視圖像。她現在反而是當然的直接受害者，她站在那兒，儘管兩邊有人攙扶著她，但她在這個世界上已孤立無援，她連可以白天黑夜地吃醋以至白天黑夜地行動的對手也沒有了，她也沒有了哪怕在一個床上同床異夢地背靠著但可以兩個人背靠背地面對四面八方的人世的那一個人。她對這個無可挽回的事實——你的確不在了——還在發傻都來不及著，我比她更清楚她的處境，我比你更恨她！她毀了你，也就毀了我，我的老搭檔，你死了，一夜，一夜，讓我去殺誰？你知道，我比不了你，我一直演小角色：小人物，小流氓，武士甲、乙、丙、丁，沒有姓名的任意一個，百姓張三、李四、王二麻子，可以任意被按上任意一個名字。大師的話在我的頭頂上已經莊嚴地懸了大半生：只有小演員，沒有小角色。有的是我這樣虔誠的小信徒，貢奉諸神，一一地，點亮每一根小蠟燭！然而，連上帝也不知道，只有我心裡清楚，只有遇上你的死的那一次，我這個小角色，才會那麼燦爛！那點小燦爛當然被你的光芒遮住，但連在我對面倒下去的你也無法體會，那一刻，是怎樣一種非現實的、聖界的享受！

演過太久的戲的臺詞撿回來很困難，我差不多已經把上面的內心獨白忘光了。

如今我們在準備復演這齣兇殺的戲劇。

現在我坐在角落裡重新來發掘這個事件。究竟誰是兇手？線索，如謎，也更加清晰！我想起來那個時刻。那時候，你躺在那間名字陰涼、氣溫也陰涼的不大的屋子中央，我們排著隊，輪流著，和你最後告別。每一個人都在哭泣，哭泣得像和你妻子從一個模具裡倒出來一樣相像。我記得這個環節，因爲它重要無比。我排在隊伍裡，還沒有邁進那道門，我就遠遠地看見平躺在那兒的你。遠遠地，我就看清你是那麼小，彷彿萎縮了。我知道那是錯覺，我知道生活裡的你，也是小個子，在活著的時候你也極不起眼，沒有什麼人把你當成大演員，大街上沒有，劇院裡，也沒有，我們這個老牌子的大劇院大演員太多了，多到，誰也不敢覺著自己是大演員，起碼，不敢露出來。誰最不露相，誰可能心裡最有數，那就更顧不得你，也不能給你這份心裡的認可啦。我現在敢招了，我總是暗中盯住你落在我眼中的根本不自覺的微小、偶然的一舉一動，我眞像被花錢僱的職業殺手，跟踪並且監視著你。我純粹是被上天賦予的、所以叫天性的、嫉妒這玩意兒收買了。憑什麼呢！你不一樣在飯堂裡爲一分錢菜票跟賣飯的爭得面紅耳赤，你在排練廳裡老是「蹭」別人帶來的茶葉沏自己的茶，人家給了一百零一次的揶揄，你就賴皮賴臉地應著一千零一次的：「下次！」你去醫務室要安眠藥的時候，絕對沒有在舞臺上的聲音那麼宏亮，並且是抑揚頓挫的，多一句臺詞之外的，沒有，臺詞之內的，像外科大夫剝離粘連組織那樣地細緻地一字一字處理；你叨叨嘮嘮，重複了又重複，誇張著你的自我感覺，任何一個多看了兩行健康知識手册而又缺乏基本常識的最愚昧的病人，都像你一樣令大夫和候診的人討厭！至於你怕你老婆那副活活是耗子見猫的樣兒……我沒有把懸疑的推理停留在宮廷樂長薩里埃利對上帝的寵兒莫扎特的嫉妒，這種關於庸才的悲劇的深刻思想上，我演過那戲裡在黑暗中傳播輿論的「聲音」這個角色，連個名字都沒有，就是「聲音」，還是「之一」，但起碼我們每個「聲音」都比被困在戲裡的薩里埃利更清醒和深刻……就在那個時候，我已經走到你的身邊，險些把我想的大叫出來：「我知道這是誰幹的！」

——殯儀館的整容師幹的。

這只是懸疑中的一個小誤會，一個絕大的錯誤！因爲舞臺燈光的緣故，我們一夜、一夜在臉上像女人一樣塗脂抹粉。這個時候，不該再在你的臉上做任何修飾了，哪怕就像你吊死之後，那張灰、白、青互相推擠到無可形容的死角的臉色，那也是本來的人的顏色。我們死了都化裝！我大哭起來，沒有什麼不好意思的，在戲裡頭我們哭得更像眞的。而且，我突然發覺，我們這一點借別人事情的悲哀是躲藏自己的發洩的最好的面具。另外，我的放聲大哭根本不出衆，哭聲原來就是鋪天蓋地，我忘了，每一個人都在哭，哭得都一模一樣。只有那些年輕的演員例外。我的判斷不會因此轉向。這些年輕人夾在我們的隊伍裡，禮貌地摘下帽子，一步步挪過來，脚後跟都懷著崇拜；或者，臉上透著關不住的好奇。女孩子們的眼圈兒是紅紅的，但她們那種哭，是被莫名其妙的氛圍莫名其妙地打動，來自莫名其妙的情緒，如同到了無人的昏暗處，就自然想到鬼魂，就立刻自然地尖叫一樣不說明任何。那小子，非自然的捲毛獅子頭，臉像太陽，身材，公平地說，也像阿波羅，是不是因爲他們比我們小時候營養好？他的個頭和臉蛋兒，注定了，未來演小生，而且會挑主角，我們的劇院總是在叫「

沒有小生！」而這個世界太需要小生來支撑信仰了，還有花旦。可惜，老天爺賜得太少！他在低下頭看過你之後，必然地擡頭的時候，還不忘記甩一下那非自然的捲髮。就是他！接替了你的角色。但是，我那時和現在，都不會把懷疑的焦點放在這個我不喜歡的小傢伙身上。……在多少年同臺的老同事、老朋友才有的感天動地的哭泣的合唱中，像閃電劃過，我突然透徹無比！我們都是兇手！只有我們這些哭你的人，對你的死有不可推卸的責任，我們，一個、一個，起碼充當了不隔音的牆磚的角色，我們還扮演了衞道士的莊重角色，同時兼演著安慰雙方的善良的角色……而恰恰是不哭和甩頭髮的年輕人，沒有任何責任，他們來得太遲。

突然意識到我們，我自己也參予了這樁以自殺的形式完成的謀殺，並沒有使我像遭了雷擊一樣震住。頂多，有一種遲頓的後悔，和你妻子那還來不及意識到的孤立無援一模一樣，只是，質量和感覺，無法目測。

沒有飄起屍體，也沒有泛起一股股鮮血，水照樣流著，搖曳倒懸的樹影陪著河邊走動的伴侶。水面從來不留下固定的痕跡。

「大人物」們在對詞，在走動著恢復調度，並且，耐心教著那獅子頭太陽神的戲，以便輪到我上場去殺他。你眞的難以相信，如今的年輕演員，就不懂琢磨戲，這「琢磨」二字是怎麼掰開來、揉碎了、又合起來的意思！我們是什麼？是製造一個個靈魂的手藝人吶，咱們琢磨戲，跟捧著工藝品似的小心！今天看樣子輪不到我上場試試身手，離那段預定的高潮戲還要很久，因爲他們不斷地停下來，回憶，重來。我一直堅信，上吊，只是一個假象，哪怕法醫已出示證明你頸上被繩子勒出的那道環的走向是絕對自殺而非先卡後吊的他殺……

你是另一種結局。

你正在對著當空的皓月，心潮澎湃地抒發大段獨白，懷著一腔壯志時，一個殺手把你暗害了。劇本是這樣寫的。

劇本對我的提示非常簡單：

殺手，提劍，悄上，刺入。

我連一句臺詞都沒有。

你，居然按照劇本的限制，將戲全部改了！你眞是太絕了！雖然我還是沒有臺詞，你也沒有！

我的老搭檔，你何必要自殺呢？你就不能等一等，挺一挺？你看看，現在，活的人，仍然走來走去，翻來覆去爬向你演過的那個結局。何必要那小子來換了你！你只要挺過那個夜晚！……碘鎢燈對著有名有姓的角色們，人影匆匆地晃動。我在暗處注視你。

最後那個夜晚，你開開燈了嗎？還是就那麼安安靜靜地坐著？坐在你將要踢倒的小凳子上？安安靜靜地，就像我們每晚上舞臺之前，找一個旮旯默戲一樣。你不應該坐在廁所裡，你給兇手提供了機會。我猜得出你沒有地方去，你不可能進酒館喝喝悶酒，晚上七點鐘以後，所有正經飯館全體不能點菜；你也不可能在大街上轉悠，在半夜的時候，被警察當壞人或精神病人盤問，是太正常了，是太好的還太不夠的治安措施呢；你想躲開她，也躲開已經大了、還得睡在一起的兒女，但沒有那一處空間。你不會，也不敢在宿舍樓前的空曠處站立，你時刻怕被眞有桃花遇的歸來的同事看見，明天會說什麼呢！連我，假如想要去獨自站一會兒，也會充滿疑慮。你爲什麼不到任何一個朋友家坐一會兒？說一說，比如到我家來！當然，每天晚上，我們全都像規矩人應該有的那樣，規規矩矩地關上門，並且，還從裡面再插上一道。即便你沒有任何地方可去，也不該呆在廁所裡，你應該坐在廚房裡，廚房有窗子，會給你走向死角的思路開一扇希望？廚房裡還擠著鍋、碗、瓢、盆，堆著個個油糊糊的瓶瓶罐罐，鹽撒在落滿土的窗臺上，鐵絲上掛著骯髒的抹布，塑料筷子盒看不見的內底和它的外觀一樣總是沉積著污垢，但這兒有人味兒，會使你的心動一動？你心裡頭到底有沒有另外什麼女人呢？沒有任何證據，甚至沒有蛛絲馬跡，只有用嘴留傳下來的天方夜譚。假如，有，假如，你坐在那兒，有一瞬間只是在想她，我突然想，那是你實實在在的眞正幸福！瞬間的眞正屬於你自己的天地……你妻子太傻了，假如眞有那麼多人追你，她應該感到驕傲！並且應該學會如何保護這個寶貝！從來沒有什麼像樣兒的女性追求過我，追我的和被我追的，都是哆哆嗦嗦，猶猶豫豫，不顧一切著的時候仍然在猶豫和哆嗦地結束在小旅館那種簡陋場景裡的破戲，事後除了讓人覺得跑掉挺好，就沒別的更愉快的感覺……那一夜，你去小旅館開一個房間呢？我知道你捨不得，再說在這麼大的城市裡你上哪兒去找一個小旅館的單人房間？飯店?!你更捨不得啦，它們大都空著一大半，但跟你要你沒有的那玩意兒：護照。就是小旅館也好，哪怕像大車店的一屋住十到二十人的房間裡鼾聲如雷地各自大唱，也好！你在鼾聲的包圍中尖銳地清醒著，煩躁著，你時刻想走掉，又想等一個靜下來的縫隙，你就在活著……那間安靜的，標準化的公寓廁所，標準化得太小了。只能容下一個坐式或蹲式的馬桶，勉强地，還能塞進一臺洗衣機。但你休想再裝一個熱水器，因爲已經沒有站著淋浴的空間。就在馬桶的前邊，剛好可以放下一只小凳子！而那些粗大的排洩糞便和上下水的管道，以及暖器管道，縱橫著，即使在黑暗中，也能自動發出冷冰冰的生鐵的光。所有的標準化公寓廁所，都只有作用很可疑的小排氣窗，窗高高的，巴掌一般大，罩著細密的鐵絲網。白天，開燈，網子後面也是絕對莫測的黑。所有標準化的廁所都沒有窗子。你一個人在黑夜中不開燈地坐在這樣一個地方，還不如坐在大幕邊的旮旯裡，儘管那裡永遠散發著大幕、邊幕濃重的塵土味道，儘管那些在臺下的觀衆看來輝煌的布景的背面是三合板、麻布片，露著釘子，儘管低下頭那裡是舊地板，擡起頭是吊景片的一道挨一道密密麻麻的吊杆和燈橋，但你坐在那裡又一遍琢磨著頭天演過的舊戲，你會有每一回墜入新情網時那種所有在交談、大小動作以及眼神交流之外的擴充的眞實……你却選擇了這樣一個場景，任何想像力到了這裡，都會像離了水的青苔，不僅失去新鮮刺鼻的腥氣，也失去水份和體積，甚至會萎縮得還不如青苔，萎縮到沒有一絲一絲的存在！不要說在這裡讓想像膨脹了！在這裡坐下去，只會惡性循環著向內的塌陷，塌陷到你連鑽進那些管道和馬桶被排洩或從下水道溜走的荒誕而奇異的念頭都沒有，只是枯燥地、平淡地在所有不動聲色的管道之中，順著慣性滑向絕念……

有名有姓的角色們還原著，在排練的休息中。有一羣人正銜一個最近出去「走穴」當主持人特別能逗的演員敲一頓「東來順」的竹槓；有人在嘰嘰喳喳討論一個女人的新感情現象，現象來自她早上到排練廳旁邊的廁所洗臉的細節，有人在唸報紙……南非青年的自殺比率是全世界青年中最高的，（這很奇怪，應該是吃得過飽的那部份鬧精神危機！報上也常這麼說。）太陽神在背大段獨白，沒有內容地激昂著……周圍的聲音都是音響效果，把殺人和自殺的合作迅速推進。

——那一刻逼到眼前

就是在這裡！我現在看得清清楚楚，我拿著劍，悄悄地走到你的身後，你，突然轉過身來！在你的雙眼裏，有一種「意外」！我著了魔，立刻接受了這個劇本沒有寫下的意外的變化，也出乎「意外」地向後倒退。

你往前走，走得很慢。我向後退，退得也很慢。

我慢的道理是，因爲意外而感到恐懼；你慢，是心情沉重，你突然知道了你的宿命。你明白，我只是一個誰都可以代替的角色，但我被指定了，指定要殺你。不論殺手是誰，你，必死。你站住了，我也站住了。我現在「不怕」你了，但我不知道該拿你怎麼辦，（沒有寫呀！）我的劍反正是我的保護……你！你突然撲上來，那時候，我眞的感到了意外！你撲上來的時候，我本能地用手中的劍去擋，你說：「好，伙計，就這樣！」我們過招兒，過招兒著，你衝我手上的劍一使眼色，我心領神會那一眼，於是，我「失手」，你奪過劍來，現在，我束手無策了！儘管那只是一把包著錫紙的木頭寶劍，但你可以殺我，你可以以劍爲盾，逃走，你，佇立原地，突然劍鋒一轉，刺向自己……

你做得非常細緻。你將劍鋒一轉，劍，在空中劃了一個大大的銀色的弧線，銀光還在閃動，劍已瀟灑地落在你自己的頸上，輕輕地，一抹；同時，你的整個身體已旋轉起來，舞出一片雪白，刹那間彷彿整個空間被那一片旋轉的身體吸入和佔據！雪白色的長袖和衣袍悠悠飄動，甚至柔和地拂過我的臉龐，一只長袖突然橫地抖將出去，像受傷的哀鴻發出無聲的悲鳴，整幅長袖白底上的天藍色的花紋，一一地展現，……在一片飄動飛舞的旋轉之中，你慢慢地倒下……

我們總是把死亡創造得很美！

我們爲什麼總是只把死亡創造得很美？

突然

……在叫我「上場」！戲已經排到我這段了！我抄起劍趕緊上去，太陽神的大段抒情已經結束，正愣著神等我。

「噢，不是，不是這樣，您應該這樣，轉身……」

「劇本明明是這麼寫的呀！」

「可是，後來是這麼演的。」

我有責任把活下來的那個角色教給新人物。

他一招、一招地照著做，然後，「啪」地跌倒。

「不，不，不是這樣。」

「又怎麼啦？」

他躺在地上，頸上橫著劍，睜眼問。

我在舞臺上，無數遍最近距離地欣賞過你的死，現在，我要一個小招兒、一個小招兒地傳授給他，讓他死得像你一樣美。我抄起劍來：

「您要是想旋轉一百八十度，旋轉著，倒著，最後慢慢地全身倒下，而在旋轉的時候，讓長袖和袍子能飄起來，並且讓這劍能亮出來，當倒下的時候一切都正好，您只需要，扭腰的同時，把右手舞起來，手臂特別是手腕子要偷偷地用一點力，抖過了勁兒，袖子就會飄起，然後，比這只慢一拍，當腰還在轉動的時候，您把左腿向後撤一小步，別叫觀衆看出來，可以靠袖子的大動作搶眼，在撤步之前，您還應該彈一下膝蓋，讓袍子角飛起來，這樣，左腿的後撤支住腰的繼續旋轉，然後，您把右腿先向前伸，支住地，同時，左腿也要彎，也要支住，讓腰往下走，別忘了這時候左手一定要伸出去，左邊的長袖會跟著飛舞，這時候，您千萬……」

「這些，我不會。」

他像所羅門王一樣半臥著說。

我把劍扔在地上。姿態傲慢。一個絕對傲慢的殺手。小子，我都懶得殺你。

他搖晃著太陽神般的身材迎著太陽走出劇院大門。我至死也不明白這個懸疑：

他是什麼時候自殺的呢？

自我感覺良好

他們診斷我有病，病名就是：

自我感覺良好

下診斷的時候，沒有問我任何問題，比如：飲食怎麼樣？睡眠好不好？大便正常嗎？下午有沒有發燒？夜間盜汗不盜汗？也沒有叫我伸出舌頭看看舌苔，沒有用手電筒照照我的瞳孔，或者，用小錘子敲敲我的膝蓋，檢查膝腱反射，我見過，診斷神經系統方面的疾病，這是常規；沒有在我的手腕、脚腕上全纏上帶尼龍拉扣的橡膠圈，然後塞進隔著沾生理鹽水棉球的導線，於是也就不可能在我的胸口上同時布置這一套現代化的線們；更沒有把我的左手和右手依次擱在天下最小的枕頭上，用三根手指依次彈著比鋼琴鍵還狹的那中醫用中文叫作「寸、關、尺」的聚著你全身精、氣、神的奇怪的小地方。他們也沒有用拉丁文交談。

他們只是圍成一圈，沉默地、嚴肅地看著我。盯住我的笑容。

我知道我在咧著嘴微笑，像一個剛從澡盆裏被拎出來的嬰兒一樣，笑得無故又無辜。你怎麼能夠不對人家的認眞微笑呢？

他們沒有穿大夫的白大褂，但彷彿是一致的白色，臉也都是白色的，背景全部是白色，因爲氣氛實在肅穆，不可能摻入雜質。他們一致地下了診斷，並且，挨個地，在一張白色的診斷書上輪流簽下自己的名字。我聽見鋼筆尖在紙面上吱吱摩擦的聲音，每一隻手的輕重的不同，每一個字的一橫一豎或連寫，還有不知道究竟能站幾位天使的那個小筆尖在每隻手的每一字的每一下的極小的平鋒、側鋒和滑翔似的運用，使那簽字的聲音似乎構成那時刻整個宇宙的一切。我後來才恍惚地記起來，就在窗外，收購舊瓶子、廢報紙的人有腔有調地哼唱著完全聽不懂的職業吆喝，卡車、小汽車帶著碎屍萬段的呼嘯輾過遠處的高速公路，有鳥叫！在這大城市邊緣也極其稀罕地有鳥兒的啾啾啾的挺撩人的小廢話……那時候，我的整個靈魂都在努力鑽入那筆尖和紙面的摩擦之間，因爲那持續不斷的吱吱吱的聲音在持續不斷地暗示我：他們絕對不是在對我意見一致的診斷感到心滿意足，相反，那聲音在無比痛苦地一一而細細地訴說著：他們個個心情沉重，對我的前景充滿憂慮。這使我開始替大夫們不安，對自己的病難爲情。

自我感覺良好！

「我眞的那麼不可救藥?」我試圖再次微笑。我爲他們難過的心情感到由衷的難過。現在我體會到那類性格敏感的不良少年，雙手戴銬，站在法官、警察與父母、老師之間，當宣判聲正響徹大廳，他，只是緊緊抓住什麼也不能代替的那份對親人的摯愛，熱淚奪眶而出。而人們都在想：「瞧，這傢伙這時候才知道後悔！」

他們全體不做聲。其中最年輕的一位，回報了一個微笑。這個微笑和我剛才的微笑，在表演上意義相同，它不是來不及想嘴角就已經彎起的打神經末梢來的笑，而是從腦細胞裏擠出的笑。是爲了掩飾，我們的行話，這是一個反動作。我的職業使我對所有的小動作、小表情非常敏感，非常愛好，愛好到像一個收藏家一樣時刻留意搜尋。小動作、小表情是天下最不占地方，表現力最豐富的東西。他這個微笑，屬於一個涉世不深的人，怕對方在重大刺激突然降臨而受到過重的驚嚇，於是企圖給你一個緩衝的安慰，但連自己也不能控制自己其實同時受到的驚嚇，便無法表現自如的那種微笑。唉，憑這張嫩嫩的臉兒，一個條件反射的眞沒道理的眞微笑，就會像陽光鋪上一塊天鵝絨，一星星亮光在絲絲絨毛尖上閃耀，星星都有彩虹的七種顏色，而整片陽光，被整片地柔和吸入同時柔和地散發。他不知道在他的年紀連他的愚蠢也是魅力！他只要眞心微笑，就會像「芝麻開門」的暗號，卽刻，整個世界都打開大門，人人都咧著嘴互相微笑到儍……而眼前這個微笑，太深沉，太老練，太世故了，在遲疑地回應著笑了零點之一秒後，擴張了更短的一霎！暴露出竟然能夠加入權威們發明的新診斷的行列的天眞的興高采烈！然後，立卽收縮，收縮到，猶如一小塊風乾的饅頭。

「的確……很糟糕嗎？」

我已經受到感染，我發覺自己的聲音底氣不足。要知道，在劇場裏，要求我們不喊不叫，像正常人一樣自言自語，但又必須讓你的聲音在被一排排觀衆和高高的天花板、牆壁以及椅背們吸收的同時，清清楚楚地送到最後一排觀衆的耳朶眼兒裏，他們有時候好像是坐在海峽那邊那麼遠的地方，但就是從那裏，你會聽到你用了心的回應。

「眞的，完了?!」

我的聲音眞的變得很虛弱。因爲，毫無反應。儘管如此，我還是像一個演員應該做的，在拉上大幕就會倒斃之前，謝幕的時候，仍然保持微笑。

毫無反應。

毫無反應是最可怕的宣判。這個宣判帶著旁徵博引的病例：你的病的嚴重後果，超過中世紀的黑死病，超過正在這塊大陸互不相干的兩端同時蔓延、無可抵擋的非甲非乙型肝炎，這個病，可以說，比愛滋病還可怕！噢，不管我是一個多麼普通的演員，我知道，我的同行，我可以這樣稱呼，我的同行，好萊塢的大明星洛克·赫德遜得了愛滋病這個二十世紀的瘟疫、超級癌症，死了！最可羞的是，已經有那麼多人患病，有那麼多人是帶菌者，據說，紐約是三分之一，非洲是二分之一，而好萊塢和百老滙統統百分之一百五十，偏偏，要把洛克的照片向全世界公布！難道用他明星的風采和可怖的消瘦作對比，是對世人行爲的最好警告牌?!老天爺！洛克，想當年你在大街上以自大而巨大的微笑俯視著人們時，在銀幕上向黑暗中兩眼直勾勾地望著你的人們微笑，其實只是冲著攝影機那個黑洞自我微笑時，你想得到你的微笑會有這樣一種使用價值嗎？收藏小表情，是多麼奇妙的愛好……

他們死寂般地沉默著。

沉默如同定音鼓，擊碎我垂死著也要掙扎的幽默感。

沉默正在把我一塊一塊地敲掉，直敲到我一點零碎都不剩下，一擊，敲去胳臂，再一擊，敲去腿、腹、胸、頭……哪裏還有展示小表情和小動作的地方，我被敲到什麼都不存在了，只留著對宣判的感覺。

自我感覺良好！你從此休想演俄底浦司王、普羅米修司、哈姆雷特以及楊乃武和小白菜各種悲劇角色。屈原？想都不必想，上下縱橫五千年的憂患意識，時刻意識著憂患還來不及，你却這般嬉皮笑臉！自我感覺良好！你也不必去試竇娥寃、王昭君，不管史學家們對昭君出塞的意義給予怎樣重大的評價，她出塞時的心情，和李清照再嫁，絕對都是一步一悲涼！絕無任何自我感覺良好！現代派戲劇之門也從此對你關閉，那無所不在的荒誕，西緒福斯式的徒勞，被偶然地抛出來就必然地個人的孤獨，彌漫、浸透著每一個有知識的分子，你，却自我感覺良好！卽便是黑色幽默，基礎是黑色而非幽默，這個詞組應該倒立著體會，你竟敢從豎著的脊椎裏發出咯咯的笑！喜劇?!喜劇也沒門兒。你想試救風塵的趙盼兒？那是妓女的俠義，不是自我感覺良好，只怕你救不出風塵自己已落風塵！自我感覺良好！喜劇也純爲著崇高的使命感，單奔著那一個「救」字！自我感覺良好！你的藝術生命在你產生這種感覺時已經停止！自我感覺良好！卽便你還在舞臺上晃著，也只是行屍走肉，進入不了任何認眞、痛苦的角色！頂多玩玩「小放牛」那類輕歌舞劇！自我感覺良好！

我走下臺階的時候，感覺比走上臺階還要吃力，下臺階原來也如此吃力？為什麼要把建築物們修建出層次？為什麼要有臺階？就讓臺階像建築們灰色的、平板的外形一樣，全都一模一樣，全都平平地趴著，不是更好？我的感覺有一點二律背反的意味？噢，我現在還有什麼臉想任何形而上的問題！何況我的臉已不存在。

大夫！在我們那兒不是這樣呀！在劇院裏，恰恰相反，每當要進入任何一個角色時，你都會聽到跟大夫詢問病情同樣的問話：

「你感覺怎麼樣？」

你絕對不能說：「不好！」哪怕你眞是覺著極其不好。

……那一回我閃了腰，閃得像一根鐵棍兒一樣，絲毫沒有彎一彎、扭一扭的餘地。舞臺監督問：「你感覺怎麼樣？」聲音像優秀護士的手感，骨子裏是殘忍、是拉場子的班主提著鞭子指你去爬上一丈高的竿子再把辮子繫在竿頂做著懸空的動作！因爲這個小角色根本沒想到安排B角，因爲你是在來劇院的半路上閃了腰，而那個時候，觀衆們正忙著做飯，化著小妝，苦心挑選穿哪件衣服，準備著投入大老遠地擠上公共汽車來劇院的戰鬥。我當然說：「

我感覺很好！」口不對著心，也就鬼使神差地「很好！」一上臺，我就像條剛出水的活蹦亂跳的魚，一下臺，就又變成一根鐵棍兒，以至於有人以爲我是爲了搶演員級別、要房子在裝大頭蒜！但就是那麼眞眞兒地感覺很好！我應該和大夫們說說這些，他們叫「旣往史」。包括，我應該吐露一點私人的秘密。跟大夫有什麼不能說呢？他們連「冶游史」，也就是過去逛沒逛過窰子這種事都會問到。而現在，假如有，甚至很有必要很嚴肅地講講你對同性戀的特殊興趣。對了！那一次我被搶過，不是丟了錢，是丟了感情！簡直明目張膽地搶劫，我毫無能力自衞，連抵擋人們遠遠嘲笑的唾沫的能力都沒有，還得把心裏的感情跟兜裏的錢一樣自動掏空，活活像在紐約中央公園發生著的故事，就眼睜睜地看著搶刼者在光天化日之下揚長而去。恰恰，那一回的戲，請來了一位法國導演，他每天見著你，都說那一句中文：

「你感覺怎麼樣？」

我感覺活不下去了，但卽便他自己就遇上過大白天遭搶的事，他也沒法子弄明白我們這兒拐來拐去的小胡同，又何必叫他明白。我夠像一條好漢，平平淡淡地說：「還可以。」

那位碧眼皓髮的導演竟然大吃一驚，連連問：「還可以，是什麼意思？」他在努力地翻來覆去學那幾句中文，已經會寫：「還可以」這三個字啦。

那時候我也大吃一驚，吃驚的程度不在被公然搶了感情的時候之下。原來，你應該對他們說：「很好。」哪怕純是客氣的應酬，是「今天天氣哈哈哈……」一般來說，該說：「很好。」「還可以」，就意味著出了車禍或人命！就足以使不相識的人們駕著救護車跑來……而且！就是那一回要上舞臺的時候，在側幕裏盯著戲的工夫，那位跟我演著「情人」，在生活裏，我們倆就差撕破臉動手打架的傢伙，在耳邊悄聲問：

「你感覺怎麼樣？」

我的感覺！感覺猶如初春時的小溪，在冰縫中蜒蜿地清澈地流過……我明明知道，這傢伙是怕我打不起精神，那，人家也就沒法把生活裏的虛僞藏在舞臺上半眞不假的激情後邊，那晚多半有幾個被拉來的低級崇拜者在等著鼓掌！就爲了這一點點虛榮的瞬間，就需要我全部投入感覺！然而，我眞的自我感覺極好！好到，好得一塌糊塗，分不清正義非正義和敵、我、友，我們就是那麼無比默契地比翼雙飛在不眞實的眞實之中……

大夫們！

我沒有跑回去。

都說觀衆是傻子，演員是瘋子。劇院裏的事情，也許是太離奇了一點兒，絕不可能改變動搖他們任何一個邏輯環節，你只要想像一下每一位白大褂後面一排排的書架，每一本書都有不同的版本，還有化驗室五顏六色的試劑，形狀七扭八歪的燒瓶和管子以及規模宏大、不斷製造新構架、創造新世界的實驗基地！我撿著臺階的隨便一層坐下來。他們沒說我的病傳染不傳染，用什麼方式，通過什麼途徑傳染，僅僅爲了道義上的感覺，我能不能走下臺階，接近正常行走的人們？

我想起我的猫！人和猫傳染嗎？你沒法子弄清它的自我感覺是什麼，它常常獨自蹲在窗臺上，隔著玻璃，凝視——是凝視（！）窗外。我也不由得隨著它看看窗外。光秃秃的樹和地面，沒有鷄！也沒有鳥！它的對頭，狗，這裏也不許有。它看什麼？但它感覺良好的時候你絕對能感覺到。它睡在你的膝上，溫暖地動一動，你拿得準它在夢裏想念魚呢。猫在我的鄰居那兒照看著，鄰居是一位詩人。他有眞正的詩人的氣質，他會在公共汽車上，突然就掏出筆，隨便倚在任何一個地方，也許是一位婦女的身上，在手紙上急促寫下急性腹瀉似地突然湧出的句子，很像馬雅科夫斯基半夜裏光脚跳下床，寫下「穿褲子的雲」之後又睡去的小動作。只是我們這位詩人是一位太蹩脚的詩人，他沒有一句稱得上夠詩的句子！像我這麼一位背過各種古典主義作家劇本，也不得不念語言支離破碎的現代派作家產品的人，站在中立的立場，也敢斷定他毫無詩才。我常常是他耐心的、唯一的聽衆，因爲他坐在我家板凳上不肯走。然而就是他，就是他！會在人們全都掛著千篇一律的臉色以麻木支撐著擁擠到窒息的公共汽車上，一邊在搖搖晃晃中哆哆嗦嗦地速記，一邊嘟嘟噥噥：「太棒了！太太棒了！你這傢伙，怎麼會想出來？啊？太太太棒了!!」……也許通過上呼吸道我受了他的傳染？猫睡得舒坦就打呼嚕，是不是交叉感染……對啦！大夫們！既然你們確定我不適合再演任何體裁的角色，也不能就讓我失業，我乾脆就演演在我們這裏極爲罕見的「自我感覺良好」這種感覺！我感覺灰色的天很晴朗，堅硬的風極是溫和，腳下一步、一步，踩著森林中厚厚的落葉，乾枯和半潮濕的落葉發出重疊的韻律……

眞有兩個聲音，一個粗，一個細，都很稚氣。

「你知道咱們班上誰最能『砍』?」

「誰呀?」

「好好看看，我。」

「你?!你得了吧你！」

「這可不是我自個兒封的，是全班男生公認的，『砍』協主席！」

沒頭沒腦飄來的對話，像撲撲拉拉落在頭上肩上的鴿子，什麼都沒明白呢，已經獨自微笑起來，那個心領神會的正流行的字眼兒！出了這個地界誰能體會這份幽默，活著是多麼妙的事……他們一定說我「自我感覺良好！」我擡起頭。

在臺階下邊，一個小男孩兒和一個小女孩兒坐在一起，男孩兒是個小四眼兒，小胳膊、小腿兒跟眼鏡腿似的細，一根小黃瓜。女孩兒正好是個大蘿蔔，又胖又壯，短髮不過耳，像個小子，聲音也比那沒變聲的小男孩兒來的粗壯。把西山牛吹死了的，却是那小黃瓜。小黃瓜搖晃著兩條夠不著地的細腿還在那兒接著「砍」。

「……我今天的數學肯定一百，前天語文考試，老師覺得我寫得太好了，給一百分都不夠，想給一千分！那正式考試我連想都不用想，我想我報的第一志願肯定沒跑！沒報的學校，會來搶我。怎麼樣，你要不要我幫你複習？」

蟄了半天，小黃瓜的戲在這兒呢！

「我，自己複習。」

「你不要我去？那我可從此不去你家了。」

小黃瓜兩隻小手塞在細細的大腿下邊，兩條瘦瘦的小腿依舊不著地的搖晃著。

「我媽都說了……」

「說不說，你到底要不要我去？好好想想，我要走了。」

小黃瓜站起來，大街上有人在看他們。他們在臺階上太顯眼了。小黃瓜可不看任何人，扶了扶小眼鏡：

「過了這個暑假，咱們可能就上不同的學校，可能就再也見不著了。」他在臺階上橫著躑躂。

大蘿蔔把脖子扭到一邊：「見不著就見不著！」

路上所有的大人都能看出她的內心掙扎。小學生公然地談戀愛！小學教育工作者的任務太重要！太可怕了！

「你好好想想，我走了。」

小黃瓜下了一層臺階，頭却扭過來。一臉、一身，都是掙扎！

我放聲大笑起來。小黃瓜和大蘿蔔都不理睬我這個觀衆。沒有關係，我收藏到多麼妙的一堆小表情、小動作！絕對是「自我感覺良好」！

坐在這個臺階上，一動不動，原來能撿到許多自我感覺良好的小玩意兒。

一位婦女在過馬路，她穿得其俗無比，並且是無比的混亂，然而她的自我感覺是那麼良好！她穿了一件重新時興的絨旗袍，天呢！竟敢用著大紅的顏色！因爲天冷的緣故，開叉的地方露出粉紅色的棉內褲，還露著拉到膝蓋的黑色絲襪，而每一位稍有教養的人都該知道這個常識，到膝蓋的絲襪甚至不能配到膝蓋的裙子！她脚上是一雙跟哪兒也不配色的天藍的高跟鞋，脖子上是一串假珍珠白項鏈，小卷兒的頭上插了兩朵綠絹花！她不是一個人，她挽著一位男子，那男子穿了整套的西裝，西裝是菜色的，整套西裝似乎都散發著火車裏的氣味。他手裏提著帶輪子的提包。誰都能看出，這是一對從外地來旅行結婚的小夫妻。誰都能看出他們很快就面臨困境：今天晚上在哪兒過夜？但是他們就是那麼新鮮著一切並且又膽怯地互爲依靠地緊緊挽著穿過馬路！

感覺多麼良好……

穿得七搭八不搭的人實在太多了。就是那些穿了從地攤上弄來的、或者是眞的高級時裝的妞兒們，你也眞想教教她們穿著高跟鞋該怎麼走路！但她們一個個的自我感覺是多麼良好，都像模特兒，都彷彿明星，都覺著人們全在看她一個人，於是，她們，個個地，誰也不看……

多麼好……

那邊有一羣老頭兒、老太太，正把穿著大褲襠、白底黑幫布鞋的腿，放在馬路邊不許行人亂穿的鐵欄杆上，壓腿！不要想他們的骨頭和韌帶的年紀，僅僅是肚皮，就永遠也不允許他們的頭有任何接近自個兒的脚的可能，但他們的感覺都像參加去投票選舉一樣神經，只是感覺良好……

禿禿的樹枝中間，一個黃黃的太陽，好大。眼前的一切流動著，消失著，同時產生著，與我無關，又被我欣賞，這種自我感覺多麼好……

憂患旣然已經存在，爲什麼不能讓我們來一點點自我感覺良好?!

我站在臺階上，發出屈原式的天問，很欣賞我的造型，同時，又爲我的問題感覺興奮！但是，我眞的同時感受到一種鑽心的痛苦，爲什麼不許自我感覺良好?!

我現在往回跑，跑上臺階，跑去找大夫。訴說我那一瞬間切實的感覺：

我的感覺是我完全分裂！剛要笑，就自疑，想要哭，又沒淚，我吵架，又懶得張嘴，要管閒事，絕不動聲色，我害怕，我心悸，我哆嗦，我恐懼我現有的狀態，但又記不起以前的狀態，我想要大叫，又發不出聲音，我想愛！我眞愛！我感覺我能同時愛著許多不完美的人和物！愛得我明明知道已不是愛而是癖！我愛你們全體，但是，我却無論如何也愛不上你——們——中——間——任何一位！

他們仍然沉默地看著我，聽著我滔滔不絕的主訴，如同看獨角戲的表演。我甚至用上了與觀衆直接交流的招數：在口語上改了「你們」；我卑鄙到濫用這個字眼兒：「愛」，企圖打動他們的潛意識。

他們毫無表情，拿起筆，爲首的寫下一行字，然後，挨個簽字。筆尖和紙面仍然摩擦出吱吱的聲音，那是大赦的號角！

我趕快看那張白紙，那些簽名不重要。那個診斷改了。改成：

自我感覺良好多發性綜合症候羣。

他們仍然站成一圈，彼此距離相同，面孔相同，表情相同。突然，從他們相同之處，我讀出幾個大字：

自我感覺良好

他們一個個分明都戴著這副面具。我只想看看每一副面具的背後。

上帝已經派定

——化妝間裏，細彩筆的毫尖，口紅圓的、斜的頭，一刀切過似的平平的粉刷，在各位臉上小心地勾著、抹著、撣著，嘴們呢，好像被一根球桿操縱的一桌撞球，碰出一連串的清脆和新的局面，新的險境。據說劇院的人事將發生根本的、重大的變動，這個據說，已經據說了幾個月，幾個月來，都在議論，議論自己的出路，議論誰將接替誰來管理我們，議論如同我們每個夜晚都會吐出的相同或者不相同的那些非凡的臺詞一樣平常。化妝師正在給我戴路易十六的情婦式的假髮套，左挪右移前拉後扯地瞧著鏡子裏不斷變得美一點、滑稽一點、莊重一點、噁心一點的我，大夫似地問：「你覺得怎麼樣？怎麼樣？」同時，一點兒不耽誤議論：「唉，您到任何一個單位，上帝早就把角色預先都安排好了，安排齊了，假如走一位，準又補來一位，永遠齊著！您信不信……怎麼樣？你覺得怎麼樣……」

我從鏡子裏看我，同時看站在我身後認眞端詳我的頭部造型效果的化妝師。我不大喜歡這個厚嘴唇的女人，多嘴，也怪多舌。但是，我突然從她輕輕地按在我頭頂上的指尖的接觸上，覺著，她也許是那位叫上帝的人派來的使者！起碼，是神靈偶然從我們的上空飛過時，隨手扔下一點什麼垃圾，正好被她的嘴那一小塊肥潤的土地接住，立刻躥起接天的神木！眞的，在這之前，我相信之後到永遠，我都不會再聽她說出這麼精彩的警句。邪念升起來了，我要立刻偸走、抓住、發展這小段震蕩在空氣中然後就消失的語言。

就著化妝臺，我匆匆開筆。我又看看鏡子，我猶豫。在生活裏，你何必惹任何是非呢？凡是可能有是非陷阱的地方，豎不豎警告牌，我都憑感覺繞開。哪怕大道通暢，連個小坑也沒有！於是，我，改頭換面，也換場景，隱名埋姓所有的角色，只是不變時代和我並沒有護照的國籍，寫下下面的感覺——

有的感覺，是無法對任何人說的。比如，你喜歡一個人，你不知道，每天，什麼時候，你會在什麼地方見到她，哪怕是一瞬間「抓」住她的臉一晃，或者僅僅是一個背影！不論是辦公大樓兩平方米的那擠滿了人頭的電梯盒子裏；是在彌漫著熬白菜味兒還是熬白菜味兒，

唉，有白菜就不錯了的中午食堂裏的長隊中；是在哪一個樓梯或建築拐角猛地……你知道你簡直像不開化的蠻族部落人一樣在每一個角落、每一個時刻相信着降臨奇蹟的可能！你知道你像你五歲的女兒一樣愚蠢地，把每一天按時來上班，都當作一個盛大的節日，紮着蝴蝶結，塗着太過份的紅臉蛋，被紅嘴唇折磨得不論是說話還是吃好吃的東西都得翹着嘴皮，腦門兒上點着又大又不圓的紅點，蹦跳着地撲向每一天！你知道，她有丈夫，你知道，你有妻子，你知道和妻子說了，她會倜儻地微笑，會假裝鼓勵你，吵架的時候，可就成了左右順手拾着都砸你的同一塊石頭；你知道，和男人們說說，他們中間，最最好的，會默默地拍拍你的肩膀；你知道，你不能說。不能讓任何人來占據這樣一種秘密的，新鮮的，連續的，每一天每一時刻都變成了「期待」這唯一動作的，在現實空間中看不見的，小小的，自己的角落。於是，這，就只有叫做：感覺。

有的感覺是不用對任何人說的，比如，你恨一個人。恨到，恨他說話的腔調，恨腔和調中的半切分音以及休止中的下沉上滑的唾沫的運動都像是鐵划過玻璃一樣刺耳！那麼恨他的走路、擡腿、轉身，包括拿杯子，翻報紙的姿勢，就根本不用描述了；恨不得他牙疼，感冒，得痔瘡；恨不得哪一天電梯門在九層開着，電梯停在一層，他從九層一脚邁進去，跌下去！恨不得他騎自行車剛一出門就叫汽車撞了；恨不得他妻子跟別人跑了又跟他搶孩子，兩人撕來扯去；恨不得他從某個骯髒的小旅館被人雙雙抓住；恨不得他忘記穿褲子就來上班！恨不得……很可惜，他什麼、什麼事情也不發生，他太正常了，正常得跟鐘錶上的時間標度一樣，正常到邪門。只有一個，他有背後給人使壞、使得你死去活來的愛好。但你抓不住，因爲使壞，全在背後！你感覺他使壞的時候就像你已退化的尾巴骨，不論你多麼快地轉過身去，他就同時甩到你的身後，你永遠也不能抓住你自己正常的、外表上毫無跡象的尾巴骨！這種感覺，好在，我們這個辦公室裡人人都有。於是，也就不用對任何人說了，人人都恨他！

但是，我們人人都的確有一點兒能被他抓住的東西。

你說上帝是怎麼安排的，爲什麼任何一個「單位」，什麼角色都齊全?!

比方，子鼠愛占小便宜，愛占便宜到了天天吸伸手牌烟，蹭人家一口早點，跟自個兒的孩子搶糖豆什麼的，都不算事，他最大的樂趣，是到自由市場爲秤桿上的刻度和秤桿高低之間，一方面移動得微小到用通常的描述尺度簡直沒法描述（！）另一方面高低的標準像翹翹板一樣鮮明（！）討論一個小時。而最能使他快樂的，是在國營菜站成堆的土豆旁邊拾到半截葱！我絕對沒有對他的愛好有絲毫的誇張。我親眼看見的，當他在商店裡或大街上，從人家背後摸摸那些絕對買不起的貴重的裘皮，眼睛裡頓時都會放出白占了那裘皮質感的便宜的光芒！亥猪呢，愛扣門兒。亥猪算我們這個清水衙門里的大財主。經常給晚報啦以及我們看都沒看過、聽說都沒聽說過的小報、小雜誌寫各式各樣的小稿，什麼世界流色變化規律分析、神童與父母、各地的巫術、當你鬱鬱的時候、第三次世界大戰爆發地點……你簡直想不出猪腦子裡哪來這麼多花花道道。亥猪是英語系畢業，不過是把看在眼裡的洋文默默拱成了一行一行中文。他每月的稿費，猶如山中初春的殘雪變成小溪，小筆、小筆的滙單，源源流淌，流淌着，可每一筆都不會超過我們這些收入永遠達不到、也就永遠不準備弄清是該按四百元還是八百元納稅的數額，稅務局的大檐兒帽們竟沒有人聞到這些小錢兒的銅香味兒，我們也不希望他們出現在這裡！我們叫亥猪請客！叫了一百零八次，亥猪紅了臉，拍了胸，頓了足，請！請我們辦公室全體！正趕上單位組織郊遊，坐公家車，使公家的汽油，我們全體商量定，全體不帶飯，單等亥猪請。亥猪也沒帶飯。到了大野外，肚子餓了，全體看他，亥猪掏出錢來，跑去了，買回一大把酸梨，分到衆人，一人一個！嘿！是啊，猪吃什麼了?什麼不都貢獻出去了?傳說，每日晚下班後，他泡一個方便麵，點一只十五支光的小燈，翻大部頭的驚險小說。傳說，每晚在方便麵的熱量下，生產萬字。那些銷暢的大部頭的大筆稿費，我們可從來沒見過，是聽傳說。因爲我們這裡有一個愛傳閑話的。

愛傳閑話的酉鷄以愛傳閑話爲全部愛好。並且，她每傳一個閑話，都只對一個人，對每一個人，都說：這個事，我可只對你說……經她的嘴，所有的平地都說成山，所有的小溝都漲滿大水，成江成海。傳閑話沒有補貼費，她愛好這個有什麼辦法！我們也不得不承認我們其實愛聽，因爲這些關於我們自身的閑話使辦公室的白牆，板着臉的桌子，帶監獄意味的小網眼的辦公用品籃，和單薄的紙片積成落着塵土的小山的文件都有了人與人之間緊密關係的人情味兒呢……。

我們還有極愛吹牛的恰好屬丑牛的。他可比愛傳閑話的酉鷄本事大，酉鷄頂多把三藏取經的原型發展成「西遊記」，丑牛坐在原地，整本整本用嘴「侃」「〇〇七」。「〇〇七」

的主角，到他嘴裡，全是他自已在各國的諜海生涯。他比亥猪的外文差遠了，只會說兩句英語、兩句法語，都是用來打招呼的話，到他那兒，夠使！他可以不動聲色而有聲有色有時間有地點地講給我們：一九八八年九月五日那天下午二點整，戴高樂將軍撐著一根怎樣、怎樣的手杖，乘波音七四七，秘密來到北京，在首都機場，舷梯旁邊，他們握手。（我們能聽出並體會那兩隻手接觸的感覺！）這是第二次握手。還是在法國的時候，他握過手後，獨自出來時，直覺形勢萬分危急，他的車速在市內開到二〇〇邁，他剛剛越過那個十字路口，他的助手，開一輛同樣的紅色雪鐵龍的金髮法國女郎，車已被兩輛卡車前後擠癟！第二天的巴黎報紙上，一條消息：車禍。他們沒有握手，只是在各自的車開動之前，他看到了她最後的眼神，他一向知道她崇拜他，那時知道，她愛他……他坐在那兒，沒有表情，彷彿陷入對永無人知曉的秘密世界的回憶、漫遊，然後，抖擻起來，講講戴安娜公主的風流和一英俊的德國人，自然那人懷有特殊使命，他們已將約會私訂在一座古堡，蘇格蘭場乾著急，還是，他！在約好的時間，出現在……我們早就忘了那個時候戴安娜公主還是一名幼兒園的保育員，正如我們同樣忘記戴高樂將軍死於什麼時候。其實我們什麼都沒有忘記，面對這麼一位愛吹牛的傢伙在吹牛的時候，你眞替他不好意思，同時，又不忍離席，不忍打破他的謊言，不忍心打破為我們編織的暫時的夢境，甚至感謝他為我們創造了比眞實更有趣的眞實！我們忠心耿耿地聽他講雷根政府與伊朗軍火背後的商人背後——你想像得到嗎！——他的作用……

可是到了某一天，某一時刻，愛佔小便宜的子鼠和愛扣門兒的亥猪全都分別成了貪汚和漏稅的經濟重犯，而丑牛被定為殺人犯。於是，愛鑽空子的申猴，就一個跟斗折過去，替了愛佔小便宜的子鼠，謀到了一個副職，爬到我們頭上。申猴的愛鑽空子，彷彿是不用鑽一樣來得自然，全憑福氣。好動嘛，哪兒有空，往哪兒待。這一場風暴，當然都是我們全都恨的他幹的！但是，沒有把柄。就是有把柄你也亮不出來，尾巴骨的厲害就在於，你脫下你的褲子，把你全「曝光」了，也暴露不出你的尾巴骨呀！只是愛傳閒話的酉鷄，起初有過大家都知道的傳閒話的責任。好在，二十年以後，全都會平反；二十年以後，又是一條好漢。愛吹牛的丑牛還會把當年很無光彩的離婚講成西伯利亞的囚犯和風雪中萬里去探監的婦人……尾巴骨還會坐在他面前聽得入神。

孰能無過？巳蛇的毛病也不小。愛折騰事。她不是工會主席，也不是計畫生育委員，並且確確不是共青團「前」幹部，她的熱情使我們覺得她可能幹過這行，她的腰身和皺紋，在我們調查她的履歷之後，當然要加一個「前」字，她也不是現任黨總支書記，婦聯跟她也沒關係，她什麼什麼都不是，但什麼什麼都愛管。假如聽說誰還沒有對象，了得！她頂著六級大風，蹬著自行車，一跟斗、一跟斗往下跌著，跟風搏鬥著，從大城市這頭奔向那頭，像唐·吉訶德，又像爲情不顧一切的女愛德華。去說，去找，人家終於約定見面了，她先到，打扮得整整齊齊，捏著擦汗的手絹，踮著脚瞧了這邊，又遙遙望望那邊，任誰也弄不清誰等誰！然後臉對臉地和女孩、男孩個別談心，問成不成，哪兒成，哪兒不成，問得細眴，細得似乎就要問那方面的感覺，以爲她自已有那方面的愛好！沒有！絕無。巳蛇彷彿一輩子在深宅大院裏沒聽過淫話，沒見過淫書的閨女，熱衷參與人家戀愛經過，只如同專心於琴棋與女紅。辦公室裏凡是搞個春節茶話會，或者誰結婚，誰生孩子，誰家死人，收份子，洗茶杯，掃地帶貼大標語，都是她橫著嗓子吆喝著，更挽著袖子往前上。要是節假日分點什麼東西，帶魚、鷄、腸、肉之類，她盯著那切肉的刀是往左還是往右斜，盯著每一堆帶魚的每一條的粗細搭配得匀不匀，都跟盯著針眼兒往裏穿線一樣仔細。誰那堆要是顯得少了，她立刻嚷嚷，當然，每回，總有人覺著分得不公平，她又嚷嚷，還坐在那兒拍著大腿，流著淚，擤著鼻子委屈：「我爲誰?!」眞的，她這麼愛管閒事爲誰?眞是邪了門，只好套那新詞兒：事兒媽！也可以隨她的屬性，是那呼風喚雨的白蛇或青蛇。只是不論白蛇青蛇都不會想到許仙背後！

巳蛇也被他在背後整了，整得都不叫整了。巳蛇老忙著管她的閒事，沒閒心想那可怕的未來的自己的事，自然有人在背後想。

戌狗，這傢伙也有一愛好，不能加「愛」了，他，好——色。小子人不算帥，年紀一般，衣著一般，說話也無特別，比丑牛的善吹牛，是沒有辦法比。他到底憑什麼吸引女性？憑什麼過一陣子就「出事兒」？開始的時候，我們有點厭惡，後來，唉，後來就說不出的有點兒那個——羨慕。憑什麼？他?!小子，業務不錯，頭腦也有，邏輯絕對不混亂，分析正事，一、二、三、四、五，條理分明；那些跟著犯事兒的女的，有的我們也知道，說來也不算漂亮，甚至不性感，可有的，那是眞有味兒！這小子是不是在這方面有一種潛在的藝術家的氣質，突然就來了靈感，來了勁兒，忘記他在哪兒！俗話說，會咬的狗不叫。我們很想體會不叫的狗的臨場感覺。可惜他不叫。當然，戌狗有老婆，他老出事兒，老婆也不鬧。不過，那些婦女同志在被別人撞上之後總是當作受害者。戌狗時不時又被叫到什麼地方去個別地、嚴肅地談談話。說什麼，我們不知道。只知道每一次之後的那一陣子，他就更加地不愛說話。

於是，每一次，我們都重新咀嚼「蔫狗」的含意。戌狗和巳蛇，屬相上不能說不配，但你看看巳蛇的水桶腰和大嗓門兒，沒有任何人會想到他們倆有捏在一起的可能。我敢用人格擔保，戌狗就算把女人都睡遍了，到下個世紀再相遇，他們之間也沒戲。就像兩塊絕緣體。

可我們還有一位未羊，未羊的毛病是我們的全部輿論工具開足了還來不及宣傳推廣的基本美德之一：愛乾淨。不僅自己愛乾淨，凡跟他有關的地方，都乾淨，可稱得上是環境美的小典範。一進我們辦公室，卽便外邊是陰天，風沙瀰漫，你看他的辦公桌，擦得像鏡子，鏡面上閃著仙境裏的小星星。他臨窗，自然有花草，花草好多，絕不亂，不擠，個個長得溫文爾雅，小茂盛著，但不瘋，片片葉子都被擦得發亮，撒著些水珠，水珠也像小星星。他本人當然更是愛乾淨到了美的標誌。一個中年男人，你叫他怎麼美？他又不穿奇裝異服，甚至也沒錢置一套他能入眼的眞正的西裝。更別說展示配領帶的學問了。他只是穿了一般而又一般的中式棉襖或中山裝，配著普通得不能再普通的長褲，套雙舊皮鞋或布鞋。只是這些東西一落到他身上就那麼地雅緻、協調，協調到似乎就是爲了他每一舉一動或一動不動去剪裁、縫紉起來，去生出那些不應該在他之前的顏色！那種天然的協調有時候就讓人落目於他的雙手，手細長但不瘦削，手的每一個動作都像是長了腦細胞在手上的、有控制、有選擇的藝術化的過程。不論是擦窗臺，還是收文件，都叫人想起日本的茶道……這塊寶！只是，假如讓他去打壺開水，他一定會把那暖水瓶也擦得亮閃閃！這就叫我們在欣賞的同時感到不自在！

誰也不會想到戲是怎麼拼起來的。就有這麼一天，據說戌狗又犯了錯誤。這事在上級找戌狗談話之前已被酉鷄吱吱喳喳地傳遍天下。酉鷄傳閒話的本事別具一格，她是極有風度地傳著閒話。和巳蛇的大嗓門兒、大手大脚相反，她儀態萬端地用手輕輕推推做得很體面紋絲不動的頭髮，又開始傳話，她的話總使我們懷著將信將疑的好奇，但這一次，著實把我們嚇了一大跳。戌狗的錯誤是，和未羊有同性戀！我們，連同丑牛在內，都差點兒從椅子上跌到水泥地上。「可，可，未羊有老婆呀，也很，很正常呀……」「聽說，」酉鷄微笑打斷，接著說出來的消息，又把我們嚇了一跳。酉鷄說，巳蛇早就對未羊有意思！「你們居然沒發覺?!」我們本能地互相看了看，發覺巳蛇不在聽衆中間，平時我們會想她又管閒事去了，但是現在……「但是人家未羊根本不爲所動，爲什麼呢？就爲戌狗呀！忠誠！據說同性之間，特別是男人之間對愛情的忠誠，遠遠超過男女之間！」酉鷄說到這裏，用雙眼心酸地把我們「這一半」全體狠狠掃射了一遍。「……你們居然沒注意未羊的那雙手?!完全是同性戀者中間充當女性角色的那種味道啊……」我已經聽得靈魂出竅，感到前所未有的做賊心虛。我對她（！）時刻懷著的那種隱秘的、溫暖的感覺，此刻覺著像是犯了什麼罪！是潛心修煉的苦行僧對異性的幻象怦然心動時便對主在精神上犯了罪的感覺。她就坐在我的身邊，一動不動地、靜靜地傾聽著一切，安詳如宗教壁畫上的聖母。於是，我一面感覺著需要用赤身滾過荊棘叢的肉體的折磨來自我懲罰，全身心回歸到妻子、孩子、小日子的天倫之中，一面，心，又在犯罪感中柔和地蕩漾，出逃！只有我們兩人在一起，享受一個度假的海灘……打起來了！蛇和鷄鬥，若是一男一女，屬相上，蛇不是鷄的對手，鷄啄蛇眼。但巳蛇的水桶腰當然同時也支持著腹肌的力量，她的大嗓門足以把酉鷄的嘰喳亂叫淹沒，何況，如果她眞有蛇尾，甩一下，鷄就是一個跟斗，她要是一圈圈把鷄纏起來，或者活活吞下去，讓長條兒的身子中間撐出一個小包，都很容易！酉鷄不得不叫丈夫來助戰，巳蛇也叫來丈夫！戌狗和未羊的老婆是自動參戰，戌狗的老婆忍了九十九次，這一次徹底反目。婦女們加入戰爭，這回是鷄飛，但狗不跳。戌狗和未羊不說話，不看對方，甚至不見面。未羊的花不澆了，桌子不擦了，衣服也邋遢得如同乞丐，沒有人收拾的羊，可能比猪圈還不如！

唉，這場辦公室的故事，鬧了好一陣，在背後操縱這故事的，當然還是他！他就像操縱提線木偶一樣，操縱著我們每一個人，小手指動動，酉鷄的嘴巴就張開。我眞討厭酉鷄這種愛傳閒話的人，我討厭愛傳閒話的人僅次於痛恨愛背後使壞的人。他爲了什麼呢？很清楚，也不很清楚。往上爬？當然。我們又一次面臨人事調整的機會。戌狗要是能再堅持幾天再

「出事」，戌狗不是沒有可能往上挪，因爲他在工作方面的邏輯頭腦無人可比。而對這不斷地、好像是越來越頻繁的調整，未羊的持重和巳蛇的熱情都具備執政的條件，也都是一種威脅。然而，我總有一種感覺：他，似乎就是具有一種背後使壞的單純的愛好！

現在我只想給酉鷄的嘴巴上貼一塊膠布！因爲戰爭風雲在辦公室繼續升級。我們還有幾塊更夠人選的料：卯兔、午馬、辰龍、寅虎。卯兔好吃，嘴老動著，心眼兒挺好，不過，兔子總是兔子的膽。午馬愛好運動，喜歡長跑，但他不是草原上狂奔的野馬，他可靠，富於人情味兒，賽馬場上見不到。這下就看辰龍和寅虎了。

龍、虎也各有所好。辰龍愛下棋，街頭小公園，電線桿子底下，午飯後的辦公桌邊，都可能看見他。他愛下棋愛到見人家小孩子蹲地上下五子棋，他也要湊一盤，人家不跟他下，他就央求，以打火機、鑰匙鍊各種引誘來挑戰。他可不是臭棋簍子，不論什麼棋，常勝！

寅虎愛票戲，什麼角兒都愛票，他在票友中也頗有盛名，外地票友周末彩唱，他能乘火車趕去趕回，自己掏錢買樂。他在辦公室任何時候都是站如松、坐如鐘，每一句日常生活的話，都字字吐得清脆，聲音朗朗，你可別往「拿派」那邪處想，人家時刻練著老生，又備著武生！

辰龍和寅虎有一個共同的愛好，愛聊天，還只有他們倆能棋逢對手，好角兒遇好角兒，能夠對聊。從股票暴跌到宇宙黑洞新說到三寸金蓮，都能說出「彩」來。這二位對聊的時候，我們就像聽一齣戲，觀一盤棋，你來我去，極其默契，不斷有新的妙境、新的高潮、新的回旋……好不享受！

每當他們對聊的時候，我就覺得，他們應該上電視去參加競選！比大洋那邊互相揭短、自我標榜的總統競選人更有風度！更有文化！而且，會使所有的投票者感到空前爲難。捨誰?!只有讓他們二人雙雙當選，才能平衡人類相通的情感。他們二位也的確關心人類：關心世界和國家大事，這也是他們常聊的話題。這樣，他們同時惹了事。酉鷄的嘴惹出的是非，沒有他們侃侃而談惹下的事大！何況是現在這個時候！

到了現在這個時候，辰龍和寅虎的彼此聊天，突然變成急急忙忙的自我更正，自我更正又轉成互相揭發，然後，雙方同時提出法庭起訴，起訴對方犯有誹謗罪。龍虎鬥，自然風雲聚會。雲開霧合之際，金光閃爍的龍頭一顯！斑斕的虎皮一抖！長嘯一聲接著一聲，震動寰宇。他們到底說了什麼，我們全都記不住了，也全都記住了，什麼也沒有說呀！但誰也攔不住什麼了！因爲一陣狂風，突然把我們全都捲入漩渦中心。到了現在這個時候，鼠、牛、兔、蛇、馬、羊、猴、鷄、狗、猪一齊參戰，並且全都改了自己的形象。猪的動作比猴更靈活；牛跳來跳去，一會兒攀龍，一會兒附虎；馬馳騁著，用蹄子踢對手，背上還馱著被它踢傷的對手去治傷；鷄染上了傳說的羊有過的毛病，要跟蛇好，結成統一戰線；鼠兼著走狗的角色；狗像鷄，比鷄更可怕地四處亂咬……我和她也在戰爭風雲裏，但我感覺我們是繫在一根水草上隨水飄流的一對鷸鷔，抓不住任何可以依靠的東西，只有更緊地抓住這唯一溫暖的依靠的感覺……戰爭的背景太眞實了，動力足夠强大：住房面積、工資級別、看病的待遇、是否可以免費安裝電話、繼續騎自行車還是將有專車……最低限度，當然，是保住現有的生存。但是場面實在壯烈！燦爛！

天地倒置，白天成了無盡的黑夜，黑夜放射著比九個太陽更不能忍受的光芒；密雲濃烟將我們各自團團包裹，我們趁著烟雲的縫隙向任何一個對方的要害快速施法！光和暗同時存在，將一切籠罩，當一切平息下來，大地上，只見一片龍鱗、虎毛和各種殘肢……

自然，勝利者是他！好在，蒼天有眼。他騎著自行車，剛出辦公室門，就叫汽車撞死了。幸虧還沒有下正式文件，也就還沒有來得及給他配專車，要不就沒有這麼好的一個收場。

就在這個時候，正式文件下來了，她，上去了。並且，原來背後使壞的，是她。戌狗調走了，未羊變成好色之徒。酉鷄愛乾淨了。所有的角色仍然齊全，我，已經成了酉鷄的角色，愛傳閒話。

我不是已經告訴你太多事了嗎？

八八。四。二二

論作家的舞臺表演技巧

我承認我徘徊了很久，仍然選擇直接了當的論戰。與劉心武同志發表在《人民日報》上的〈中國作家與當代世界〉（一九八八年三月八日第三版）中的某些觀點論戰。劉心武在文章的開頭對在美國愛荷華國際寫作中心海峽兩岸十一位作家的發言中我和其他兩位大陸作家的發言進行了批評，並由這個批評展開他對當前中國文化與世界文化碰撞中文人心態的總評，而他對我們的「小」批評又完全是轉引他人完全錯誤的片言隻語。他寫到：「我手邊正好有一份……剪報」，事實正好是：劉心武本人當時卽在愛荷華，在場，在臺上，按繁體字姓氏筆劃在我身邊就坐，在我之後，他自己也發了言。作家僅憑一隻筆就剪接了眞實。他料定，面對一個被包裝好的英雄角色，你只會清高地付之一笑。他收到預料的效果，文化界的正義人士一片義憤：「爲什麼你們的表現還不如臺灣作家！」對正義的代表保持個人沉默，是人格，是自尊；但同時，也是退守到「用作品來說話」的、白日夢的、旮旯裏懦弱地自我安慰的行爲。

劉心武的批評既然從某些中國作家缺乏「使命感」開始，我的回應也從「使命感」談起。

使命感　使命感不必叫喊得響徹雲霄，卽便小說急劇落市，紙價正漲，文學雜誌越來越難生存；卽便電視正領導著中國普及文化的新潮流，歌星的表演、舞廳的召喚比實驗戲劇更迷人，一部「霹靂舞」使各城市各家電影院都得到驚人的利潤；卽便當今人人唉嘆世風日下、物慾橫流，却又都合理地並且急了眼地被明確指示著，被人流裹挾著奔向眼前最近的物質利益；而作家們，不論是堅持「純文學」的孤軍作戰，是走文學與人文、社會科學相關的嚴肅討論的同樣艱難的路，不論是堅持不與流行文化現象合流還是在手段上與之融合著以取得更大的讀者效應，無論如何，無論努力的水平高低，只要還在認眞對待生活，認眞從事創作的作家，在這個特定的舞臺上都不可能擺脫「使命感」。

然而，把作家的使命感體會成只有自己在替全人類背負著十字架，似乎有一種將托勒密「地心說」體系縮小又縮小到「自我中心」的味道。我以爲這是判斷時缺乏更多參照物的愚昧表現，是一種盲目自大。在劉心武轉引他人文章以構成自己觀點的開端時，他沒有引用那被引的文章中也有的我在愛荷華發言的結尾：「假如我們的新聞自由更多一些，作家不會有這麼多廢話的機會。」我的完整發言不在此復述，但我首先想指出：由於特殊的原因和條件，當代中國作家不幸和十分幸運地被推到舞臺的中心位置。我們自己應該清醒一些，包括我自己。難道我們眞有我們扮演的角色那麼了不起嗎？難道普通人不是一樣地，其實是比作家們更堅韌而且生活水平更低微地承受著漲價、住房、交通緊張、越來越大的風沙和反常的氣候以及人口密度的急劇增加造成的惡性循環著的擁擠、謾罵、疲憊……在日復一日的日常生活的內在壓力和實際上持續著的高節奏中，普通人用不同的關注角度，同樣注視著民族的道德衰落和國家政策的前景。無數普通人是支撐這個社會運行的主體，但是，他們什麼時候高唱著「使命感」的詠歎調去擠公共汽車？

——作家的使命感和特殊的表達難道因此無別於或等同於其他職業的人？你可以立即反問。

「使命感」或許應建立在這樣的前提上：廿世紀的個體知識分子的任何學說，對任何政體，都已失去公元前的回天之術！人文知識分子羣體思維的效益，在高科技和文化分流的今天，已逐漸失去往昔獨特的凝聚條件和力量。而當代中國知識分子凝聚力量的條件更差。何況，中國知識分子一向以世途爲最高任務。

所以，所謂「使命感」，我以爲，只是在生存著的環境中爲了創造所堅守的個人信仰。如果選擇了用筆工作和活著，也應該是爲了信仰。眞信仰，不必言說。

障礙　中國文學如何走向世界，是近幾年文學界的熱門話題。也是劉心武文章討論的中心所在。他引根據小說改編的電影《紅高粱》得到國際電影獎的反證，認爲「任何一個民族率先走向世界的藝術都一定是使用人類大體通用的符號系統的品類」，從而重點論述他的觀點：「中國文學走向世界的最大障礙還是它所使用的符號系統——方塊漢字」。我認爲這是一個充滿破壞的論述。請仔細讀一下一篇報告文學中引用的導演張藝謀的這段話：「光展示五〇年前的一段傳奇故事有多大意思？我想對現代中國人的生存狀態起一點潛移默化的作用。『我爺爺』、『我奶奶』們在高粱地裏光光彩彩地活了一場，我們這些孫子輩的，要是越活越萎縮，就只有當孫子的份了。……」理想化了的爺爺奶奶們，本來是「有人信，也有人不信」的。重要的是，如你突然發現另一個世界，另一種活法，從這個角度來說，《紅高粱》的意思可能是超前的，不是倒退返祖，而是向往未來。」（《人民日報》一九八八年三月十三日），再請品一下同一篇報告文學中所摘引的外國記者誇讚的角度：「這部影片就像是一首反映人民昔日生活的敍事歌謠。講述者回憶了自己的爺爺同奶奶結合的那段經歷——影片把這段經歷表現得極富幽默感並充滿激情。觀衆驚訝地，入神的望著銀幕，他們不僅被强烈的畫面語言所震驚，而且也因一種異國風格和感情的粗獷色彩而感到有點迷惘。」我很遺憾我沒有能夠找到更多的影評條件，但就在我所認識的外國朋友的一致誇讚中，沒有一個人理解導演包括小說原作者發言的强烈的現實意識：別像孫子似的活著！

文化交流的根本障礙，並不是世界五分之一人口在使用的方塊漢字，而是各種文化之間的差別。我使用相當多的文字來描敍就一部《紅高粱》創作者的意圖和外國人的觀感，也是試圖在證明我的看法。而就中國當代文學作品的閱讀而言，高明的數學家和比較文學專家們，恐怕難以像我們的普通讀者那樣體會任何一部文字比較「通俗」的作品。就在專家們分析、批評得確有一些道理的一些「粗糙」的文學水平不高的作品中，由於作品和我們的生活緊緊相關，我們有我們的聯想、我們的回憶、我們的幽默——卽便都在笑，笑的是同一個句子，笑聲的背後，引起笑的原因，我們和他們，未必相同。

還可以進一步把對文化交流的障礙的觀察、分析縮小到使用同一種文字的範圍裏。比如，海峽兩岸都使用中文，文化源流相同！我曾爲一本雜誌編港臺專欄，讀了一些臺灣作品。我感覺作品中所呈現的生活和細節以及文化背景、心理背景、社會背景都有不少使我難以充分體味的地方。正好，在美國有機會和臺灣留學生談臺灣文學。很記得他們的一個小指點：如果能用某個小地方的方言去讀某部作品，就會很有味！我當時和他們細細討論：閱讀一部作品究竟是上口讀，還是看文字結構的版面效果？但就是在那個時刻也使我想到：我們腳踏一塊多民族、方言也極多的大陸，我們被統一在一種符號下傳達著彼此，實際上，由於地域、口語、文化小背景甚至「根」的不甚相同，在閱讀同樣的文學時，就算我們有共同的歷史經歷，我們彼此之間又獲得和喪失了多少呢？

我還想對劉文中喜歡用的「文人心態」一說，來心平氣和地指出他的又一個結論的破綻。他寫道：「當代世界中經濟上强大的國家主要還是西方國家。有强大的經濟必有向外流溢的文化，並必對經濟相對落後的地區產生吸引力，只要第三世界的國家不實行閉關自守並打開門窗，西方的文化就一定會湧入或滲透進去，這就決定了我們中國文壇目前面臨的局面，其實還並不是中國文學走向世界而是世界文學走向中國，而所謂世界文學其實主要是西方文學。」首先，這個結論是無視文化界創作現實的。請問：這幾年作家們競相熱愛、競相模仿，並以此虛心模仿和重新尋找、審視自己的，連續獲諾貝爾獎的拉丁美洲文學是第幾世界的文學？

那些國家的經濟强大嗎？曾經的確在古老的時候强大過的意大利，現在有我們和世界都承認的卡爾維諾，而最近正在引起文學界關注的昆德拉，是捷克作家……强大的經濟和外溢的文化定是「必有」的關係嗎？美國日本電視連續劇和墨西哥電視連續劇同樣大量佔據城市居民夜晚的消磨，港臺歌曲泛濫，也並不是因爲事實上臺灣與大陸的貿易經香港轉銷各達一二・二億美元和二・九億美元（據一九八八年初報紙公佈數字）。恰恰在關於語言交流的障礙到當年中國文學是以政治、經濟的改革開放吸引了西方世界的諸如劉文的初步分析及總結之中，我感受到有些作家自己倒有一種潛藏的無法與世界溝通的自卑感。我自己也有自卑感：我們這一代成長在一片文化沙漠的時期，根本不可能，也無法想像像法國唯一的女院士、作家尤瑟納爾一樣從小受到多種語言的訓練以及文化的薰陶！我們得迫使自己一輩子都不斷從基礎訓練開始，不斷盡可能地豐富自己，不斷吸收一切營養！我筆下的，和世界文學水準比，的確差距太遠！並且，「新時期十年」的幾代作家，比東歐許多作家的文化條件更「差」，我們這輩子也不可能用第二種語言進行創作！使用人類五分之一使用的語言，面對人類的五分之一，夠有幸的了！問題是我們自己究竟面對了多少？

玩文學的和用文學玩其他　「玩文學」，是文學圈子裏一個新詞兒，一個術語，現在是一塊磚頭。不論自己創作時是不是都盡可能地面對自己，盡可能地面對人生，現在，能舉起手的，都拿起這塊磚頭砸別人是「玩文學」，作出捍衛文學的姿態。

我很理解這個詞的創造，並理解每一位使用這個詞時的感覺。創作，是個人體力及思維往復不已的艱苦勞作，肯玩命的「玩」，値得尊敬，也是活該。尤其是當門窗打開，甚至整面的牆被洪水冲垮，冲來的東西，急抓在手，新奇奪眼，穿上感覺也合身，難免會一時忘了順便看看出產的年代；於是，仿造品會因此一再出現，使得新產品琳瑯滿目又有些大同小異；這都是文化市場的正常現象。而在文學演化的過程中，批評家指導的作用，可比作任何一個國家經濟混亂之時，經濟學家們宏觀的指手劃脚和微觀的預測股票近期行情的情形。我想借此指出一點：我們的有些大文學批評家和作家一樣，同樣有訓練和準備不足的地方，常常並不具備其他藝術門類基本審美常識，就像使用形容詞一樣地隨意取之。這種以無知爲基礎的文化俯視感，經不住推論的力量，更缺乏爲文的眞誠在先。特別是當剛剛有微弱的戰國氣候，就急急於秦統一，再沒有比個體知識分子做文壇霸主的更可悲的角色分配了！肯於承認我們在建立時卽面臨危機！面臨缺乏知性、文化準備，更缺乏哲學根基！是不是比用「玩文學」來責人以給自己壯膽兒更好一點？

但文學界的確充滿著用文學玩其他的現象。爭被評論、被捧場，組織人和會議爲自己捧場；爭拿獎，爲獎周遊列國於各評獎委員的專家門；爭官位，其實是爭房子的居住面積的合理擴大，爭看病的條件，爭安裝電話少付一半或夠了級別就不付錢，爭坐小汽車的權利……太正常了，爲了生存，作家不比別人更低下，也不比別人更高尚。但是，作家有一枝筆，一方面，剖析人生，剖析自己，在剖析中將自己的人格和行爲昇華到不食人間煙火的高度，另一方面，作家的筆也可以用來自我包裝，技巧高超的，可以達到無表演痕跡的表演境界。

各人有各人的表演風格，說根本沒有表演慾，絕對甘於寂寞，那何必寫作發表？

反省的時刻　每當綠燈一亮，文學界就高歌猛進，在高歌猛進中，訴說自己不幸的遭遇，（我們只是有幸比其他人更有機會訴說不幸而已！）並且悄悄地解釋或者公然地劃線站隊，互相指責對手上次紅燈時表現的優劣，指責不過，就把責任推到新聞媒介頭上。（反正他們永遠是說不清的！）同時，忙著重整綱紀。坦率地說，我非常反感這些一再重複的表演！我從小看這種表演看到成年，如今自己也被捲入表演。我甚至厭惡打「落水狗」，特別是對明知沒有還手陣地的年輕批評家，哪怕是果眞流星（知你小子沒後臺！），哪怕是狂言而非客觀的總結（請問誰不主觀？），哪怕是急功近利（自己呢?!）——反省的時刻永遠存在，在綠燈亮時，比在被迫沈寂時更需要勇氣和誠意來反省被主觀和客觀條件雙就的角色本質。

假如像這些天的迹象，新聞自由有可能多一些，大衆傳播媒介的各種手段更活潑些，目前一些作家十萬、百萬言作品中包含的其實不過容量很少的社會性呼籲，可能被記者的一筆就取代了；假如對文化系統的改革開放眞的實行，流行文化有可能以更大的優勢包裝市場，而自認爲高檔的文化對存在本質的形而上的沉思，可能用流行文化的方法更瀟灑地表達，也可能被埋起來眞的只有沉思……，如果說我們現在還不得不像戰士一樣，時刻準備著非文化的轟炸而披戴盔甲，時刻準備鑽入掩體，那麼，當這一切都成了裝飾，而一一失去效用時，你還剩下什麼來證明你仍然是一位眞正的作家？並有表演的技巧不被擠出文化舞臺？

被批評的自覺

張辛欣•劉慧英

劉：你對批評文章似乎比較介意，這也許是因爲你目前對自己的寫作前途考慮較多，所以把批評看作是一種共同思考和規劃。但你是否同時還認爲批評具有相對的獨立性？目前你對哪些批評文章較感興趣，哪些是觸及了你的創作本質？

張：我對批評的態度在不同的時候方法不同。如果處在一種被批評的高潮裡，就把它看作一種集體的意識，採取完全淡漠的態度。我想，如果採取對抗狀態，我說我有理，他們說他們有理，這將使我直接對自己的生存狀態很自信，但會影響我以後的思維方式——產生對抗性思維，而這種對抗性思維方式一定很狹窄，參照係數非常小。所以恰恰是在批評最多、最尖銳的時候我採取的態度是較淡漠的。但最近當我變成一種流行色時，批評對我也變成了一種流行狀態，我就比較感興趣了。我處於一種活躍狀態。批評現在對我來說不是一種昇華的批評，而是一種想拿你開刀——大家都不約而同地拿我開刀，就像當初不約而同地拿我作批評一樣，都是不同的社會心理的反映。我覺得有些在年齡和背景上根本就沒有懂作品的人也來參與批評，是挺有意思的現象。我對這些批評的態度比較積極（包括回擊）當然會引起對方的不滿，也會引起評論界的好奇，甚至引起小報的好奇——不斷地抄錄這樣的新聞，這種現象很有趣。但嚴肅地講，批評與被批評者確是處在同樣公平的地位上，批評者有權利進行任意的批評，我也有權利進行任意的回擊。這種回擊有時候帶有一種幽默感，只是大家很少能從這個角度來理解，總認爲只是一種嚴肅的抗議——保衛人格的一種反抗。這就沒意思了。

另外，批評是一個相對獨立的領域。從最近批評界內部相互的爭論來看——批評界有些人過多地注重於新名詞，注重於自我心靈的宣泄，對被批評的客體已經不再採取像俄國早期分析式的現實主義批評方式，已帶有很强烈的個人主義色彩，其中雕蟲小技確實有，但也存在着一些本質性的東西，批評確實是一個相對獨立的天地，它是屬於再創造的領域，它與導演有相同之處，是二度創作。小說已是對生活的一種創作，批評是基於這樣一種文體出現後的再創作，它絕對有批評家的個性，這種個性與小說家的個性一樣，都有個人品質和素質的高低，包括文學的、人格的。所以我對有些批評採取回擊或淡然的態度，也取決於對方的素質和人格。

批評也作爲一種社會心理存在着。這種存在確實能引起你的好奇心。一方面我在抗拒相當多的批評，另一方面它也引起我相當大的警覺：爲什麼會招致這樣的批評？作爲一種社會眼光，別人對你的要求、期待和不滿是什麼？透過這樣的批評你能夠分析好多社會心理，也能夠反省自己。也就是說我在抗拒批評的同時，也在不由自主地受批評的影響，對此我自己特別清楚。

劉：對你自己前期的創作（指《我在哪兒錯過了你》，《在同一地平線上》這類從女性角度揭示生活的作品）持有怎樣的態度，認爲它們是可貴的、有深度的探索呢，抑或是一種片面的、欠缺的追尋？如是肯定的，那爲何不繼續作不懈的努力？這當然不是指非此類題材不碰的那種狹義的固守陣地，而是指在一九八四年以後你似乎完全放棄了這一方面的題材開拓。（可以看出，《最後的停泊地》是你作的最後的、最全面的努力，但此時的心境已大大不同於《錯過》和《地平線》了）。你是否覺得女權主義的那種遺憾、失望在生活中很難找到答案，因此在文學中也很難得到深化？你是否覺得創作中的諷刺和荒誕較之掏心挖肺式的想使別人理解來得更有力、更生動、更能打動人呢？

張：前段時間我正在校自己小說集的稿，其中包括你說的《錯過》、《地平線》等小說。現在看來，《錯過》、《地平線》問題特別多，從文字和節奏上講有許多缺憾，以往的批評都是從社會學角度加以評論。我在寫《地平線》時膽子比現在大，鋒芒畢露，有個朋友說，這可能是當時大家剛要說話，因此給人一種一吐爲快的感覺。當時實際上是相當有控制地在寫小說，而且在研究讀者接受的心理，研究小說能夠宣洩的程度，這是我當時的態度。這個反省和回顧一直影響到我現在寫小說。與一些女作家相比，好像看起來我在寫感情、寫對人生的態度上要大膽，實際上我相當地有節制，因爲我知道小說是一種虛構的藝術，而且它的虛構和框架性相當有限，隨意突破不一定就會帶來不諧和的美感。有些女作家只是一種「女性的宣洩」，直接宣泄絕對不叫藝術，那叫發洩、叫自傳。如達到小說文體的自覺你就絕對不能那麼做；如果有不和諧之處那一定是有意的。假如說我那時就做到了較有控制的話，那麼我這兩年的「平白」小說也是我有意識放鬆了。但我現在仍然要克制自己，就是得考慮在每篇小說裡要說多少話，也就是說要有控制力，我現在的控制力還不如當初，我是怕這一點的。所以，在這點上吳亮說我是否有「信手」的問題，我是應該反省的。

看完《錯過》和《地平線》後，我覺得幾年以前想的問題現在在上同的層次上還是在想，這問題確實是沒有什麼解的扣，但這表述已是很簡單的表述，至今還在這些問題裡轉，覺得一輩子也沒有解，無論在淺層裡表達也好，在深層裡表達也好，覺得確實沒什麼太大的意思，而且不斷地把困惑甩給同樣是女性的一些人和同樣的讀者，究竟有什麼價値和意義？我的小說雖然後面往往是理性思維的，但直接構思是故事性的，是虛構的東西。我將讀者帶到了一個虛構的境界裡去，我這究竟是想讓他們幹嘛？我自己也搞不明白，我有時想我們是否在做一件很沒意義的事，把人們從這麼個直白的、就是這樣的一個世界裡帶入一個虛幻的、經過昇華的那麼一個世界裡，想的問題更加複雜，而又無法解脫自己，也許我們是在做一件破壞性的工作？安格爾說：我們在做的工作是誘導和支持人們已經建立的信念。他的話還是想使藝術與信念相輔。我原來一直覺得，我們不要給生活增强虛幻感，那樣一來失望感和幻滅感會更重！可見，信念本身已經建立，我們當然只能誘導和支持它了。

八四年以後，也就是寫完《停泊地》以後(它實際寫在八三年，發表於八五年)，除了有時在散文中流露一些個人感情外，基本上採取不流露態度。以至於我在最近看了《地平線》後，自己都會覺得膽子不小。但實際上我現在在寫的東西和正準備寫的東西我自己知道都遠遠大於和超過《地平線》。年齡越大越會想自己在寫的意義究竟是什麼呢？而不願直接發洩，但還知道自己藏了很多東西，相當重要的東西，因此常有一種（說深刻也好，說淺薄也好）的自滿自足的感覺。你們說我的小說不行也好，說我停止了這個方面的探索也好，實際上我感覺到的還是比你們發現的要多得多，不過得給我一點時間，才能把它說出來。

劉：目前你最關心的事情是什麼？（文學創作上以及個人生活上）。是否有危機感，憂患什麼？你覺得生活中人的什麼是最重要的？友誼、愛情、進取心、靈感還是毅力、運氣或別的……。

張：自己必須得清醒地知道自己的位置。同樣是年輕這一代人，雖然經歷相同，由於後天機緣、性格、基礎和氣質不同，遭遇也可能完全不同。不見得誰比誰更高，無非是有很多偶然因素使你到這一步，這是自己應該特別自覺意識到的。另外，文化準備和程度的問題，雖然像我這樣是大學畢業，但有十年正常教育的中斷，雖有社會教育的補償，可實際上拿到世界同樣作家的同樣檔次裡，文化程度太不夠。最近有德國記者來採訪我，倒過來問了他幾句，據他說，一些德語作家也是如此，除了自己的寫作知識之外，對音樂、美術等方面也並不特別知道。那位記者帶有很强的社會學意識，我們倆較談得來，是因爲潛在地對社會學的興趣。反過來說，我們的作家應該看到自己文化、文學的準備不足，包括我在內。另一方面，我的危機感還不是特別强的，因爲我確實還對社會上許多問題感興趣，老有那種瞬間，對對方說的事，包括表情，都非常驚訝，非常欣賞。人家老認爲我是否又是在想拿他或她寫小說，是否在做功利主義的判斷。弄錯了！我確實認爲生活特別有趣，總讓人驚訝，有很多東西遠遠比我們筆下編的破故事漂亮多了。我常常戲劇化、藝術化地在看待生活，看待從眼前流逝的說不出來、懶得說的我以爲的美。所以在這方面我倒覺得沒有什麼危機感，這麼活着還挺有勁的，能不斷地發現這個世界上有很多方面和人的靈魂等等我所不知道的。

問我覺得什麼最重要，這問題挺兒童化的，也挺成人化的。

從一般角度講友誼和毅力特別重要。

有人將我劃入憑靈感或才氣成功的作家，但我自己特別明白，我沒有一稿成功的東西，我根本就不怕，而且從來都是三稿完成作品。如果三稿以上還保持流暢性的話，就得有相當的意志力和體力來控制自己了。如果你要問在創作上擔憂什麼，可能就是老得隱隱約約地擔憂自己的體力是否能支撐自己的創作，最主要的是體力支撐——保持頭腦清醒，保持那種控制力，以免宣泄。所以，我不覺得才情是那麼重要，但我認爲不斷地默想、讀書和對文體的琢磨是特別重要的。

一九八七年七月

劉慧英　上海人，復旦大學中文系畢業文學士　中國現代文學館館員，研究中國現當代婦女文學。

張辛欣傳略

張辛欣，一九五三年生於南京，在北京入幼兒園、上小學。小學畢業時遇「文化大革命」。一九六九年得到一張初中畢業文憑去黑龍江當農場工人。以後，當過戰士、護士，做過青年工作。一九七九年考入北京中央戲劇學院導演系，八四年獲文學士學位。現任北京人民藝術劇院導演。

一九八五年十月，應香港中華文化促進中心邀請，隨中國作家代表團訪港；一九八六年六月至八月，到西德參加華文文學研討會；並先後應挪威外交部、維也納藝術中心、法國社會科學院政治研究所、英國利兹大學中文系邀請到挪威、奧地利、法國、英國訪問、旅行。一九八七年八月以訪問作家身分到香港大學亞洲研究中心訪問、講演；十月，以客座外國作家身分到美國三藩市為SAN FRANCISCO EXAMINER撰寫訪美印象專欄，原文及譯文同時刊出；十二月，作為「國際訪問者」，受美國政府邀請，以職業戲劇導演身份，被安排在美國各地看戲。

一九八八年五月應法國文化部邀請為「中國作家代表團」成員訪問巴黎、諾曼第和法國南部幾個城市；十一月以駐校作家身分訪問美國康乃爾大學（Cornell University）一年。

張辛欣著作年表

一、集　子：

一九八五年　《張辛欣小説集》（黑龍江：北方文藝出版社）收作品十二篇：〈在靜靜的病房裏〉、〈一個平靜的夜晚〉、〈我在哪兒錯過了你？〉、〈我們這個年紀的夢〉、〈在同一地平線上〉、〈浮土〉、〈劇場效果〉、〈當了父親的兒子〉、〈清晨，三十分鐘〉、〈瘋狂的君子蘭〉、〈最後的停泊地〉、〈回老家〉。

《我們這個年紀的夢》（中篇小說。成都：四川文藝出版社）收作品三篇：〈我在哪兒錯過了你？〉、〈在同一地平線上〉、〈我們這個年紀的夢〉。

一九八六年　《封・片・連》（北京：作家出版社）、重刊本：《刼後刼》（香港：博益出版集團有限公司）。

一九八六年　《北京人——一百個普通人的自述》（口述實錄文學，與桑曄合著）（上海：上海文藝出版社）包括〈萬圓戶主〉、〈漂亮的三丫頭〉、〈七歲的單身男子漢〉等一百篇自述。重刊本：《北京人》（上册）（臺北：林白出版社，一九八七年）。包括原版沒收入的五篇以及其他五十篇。

一九八七年　《在路上》（紀實小說）（香港：南粤出版社）。

二、著作（期刊）：

一九七八年　〈在靜靜的病房裏〉《北京文學》，第十一期。

一九八〇年　〈我在哪兒錯過了你？〉《收穫》，第五期，頁九十一至一〇五。

一九八一年　〈留在我記憶中的〉《北京文學》，第一期，頁六十二至六十六。

一九八一年　〈心與心之間〉《文滙月刊》，第六期，頁四十二至四十四。

一九八一年　〈帶不和諧音的美妙旋律〉（報告文學：記舞蹈家陳愛蓮的舞蹈晚會）（與肖復興合著）《文滙月刊》，第一期，頁三十三至三十六。

一九八一年　〈在同一地平線上〉《收穫》，第六期，頁一七二至二三三。
一九八二年　〈再走一步，再走一步〉（電影創作劇本）《醜小鴨》，第三期。
一九八二年　〈為你乾杯〉（電影創作劇本）《電影創作》，第四期（？）。
一九八二年　〈我們這個年紀的夢〉《收穫》，第四期，頁九十五至一二〇。
一九八三年　〈清晨，三十分鐘〉《上海文學》，第三期，頁五十二至五十七。
一九八三年　〈劇場效果〉《北京文學》，第四期，頁十六至二十二、九。
一九八三年　〈當了父親的兒子〉《醜小鴨》，第五期。
一九八三年　〈必要的回答——對王春元同志批評文章的兩點答覆〉《文藝報》，第六期，頁七十六至七十八。
一九八三年　〈浮土〉《上海文學》，第六期，頁四十九至五十五。
一九八三年　〈瘋狂的君子蘭〉《文滙月刊》，第九期，頁二至十。
一九八四年　〈回老家〉《人民文學》，第十二期，頁九十九至一一二。
一九八五年　〈最後的停泊地〉《中國作家》，第一期。
一九八五年　〈導演與劇本二度創作起點的制定〉《戲劇學習》，第一期。

一九八五年　〈要不要顧及讀者〉《文學自由談》，創刊號，頁十九至二十二。

一九八五年　〈幸運兒——對二十六個問題的回答〉（創作談）《文滙月刊》，第二期，頁十二至十七。

一九八五年　〈封・片・連〉《收穫》，第二期，頁四至九十二。

一九八五年　〈往事知多少〉（自傳）《作家》，第三期，頁十八至二十二。

一九八五年　〈創作斷想：關於〈我們這個年紀的夢〉〉《文藝評論》，第三期，頁八十六至八十九。

一九八六年　〈辛欣隨筆〉（專欄）《文滙月刊》。

〈咱們吃藥吧〉　第一期，頁四十九至五十一。

〈看不見的支撐〉　第二期，頁五十七至六十。

〈有滋有味〉　第三期，頁五十四至五十七。

〈看戲〉　第五期，頁五十四至五十六。

〈織女何必會牛郎〉　第六期，頁五十八至五十九。

〈沒脾氣〉　第七期，頁六十一至六十二。

〈古版連環畫〉 第八期，頁五十二至五十四。

〈我們會不會給自己跪下〉第十一期，頁五十五至五十七。

〈從舞臺到舞臺〉 第十二期，頁四十九至五十二。

一九八六年 〈在路上〉《收穫》，第一期，頁一六二至二四〇。

一九八六年 〈尋找合適去死的劇中人〉（新新聞體小說）《北京文學》，第一期，頁二至十三。

一九八六年 〈香港十日遊〉（紀實文學）《十月》，第二期，頁一七二至二一九。

一九八六年 〈撕碎，撕碎，撕碎了是拼接〉（散文，寫作家張潔）《中國作家》，第二期，頁一九五至二〇一。

一九八六年 〈災變〉（紀實文學，與桑曄合著）《十月》，第三期，頁四十三至八十八。

一九八六年 〈在交叉路口〉（創作談）《文學研究》，第四期，頁六十五至六十七。

一九八六年 〈與老人相對〉（散文）《文滙報》，十月二十九日。

一九八六年 〈知識青年作家郡落之形成和演變〉《中國當代文學國際討論會發言稿》（上海：中國作家協會），四頁。

一九八七年　〈我們與你們〉（大型文學晚會臺詞本選登）《文滙報》，一月一日。

一九八七年　〈玩一回做賊的遊戲〉《鐘山》，第一期，頁四十四至七十三。

一九八七年　〈年方二八〉（散文）《鐘山》，第一期，頁七十九至八十六。

一九八七年　〈也算故事，也是回答〉（代創作談）《鐘山》，第一期，頁七十五至七十八。

一九八七年　〈我在街頭看你走過〉（散文）《作家》，第一期，頁四十至四十三。

一九八七年　〈站在門外的人〉（散文）《婚姻與家庭》，第二期，頁十至十一。

一九八七年　〈黃手套，白手套〉（創作談）《北方文學》，第二期，頁五十至五十一。

一九八七年　〈醒到天明不睜眼〉（散文）《收穫》，第三期，頁一二九至一三二。

一九八七年　〈女為悅己者容〉（散文）《人民文學》，第六期，頁一〇三至一〇六。

一九八七年　〈這次你演哪一半〉《收穫》，第四期，頁四十二至八十九。

〈舞臺〉（短篇小說）《收穫》，第五期，頁五十至六十五。

〈愛情的故事〉（散文）《人民文學》，第六期，頁七十七至八十四。

一九八八年　〈讓美國人讀，給朋友寫，對自己講的故事〉（新聞體小說）《文滙月刊》，第八期，頁十七至二十七。

關於張辛欣評介書目

一、〈在同一地平線上〉

❶齊元昌・〈年輕的奮鬥者形象——讀〈在同一地平線上〉〉・《中國青年報》，一九八二年一月十日。

❷曉明・〈另一種解說——評〈在同一地平線上〉〉・《津門文學論叢》，一九八二年第六期。

❸朱晶・〈迷惘的「穿透性的目光」〉・《光明日報》，一九八二年七月十五日。

❹劉俊民・〈〈在同一地平線上〉的得與失〉・《光明日報》，一九八二年七月十五日。

❺薛炎文・〈他是一個複雜的混合體〉・《光明日報》，一九八二年七月二十二日。

❻楊旭村・〈個人奮鬥者的悲歌〉・《光明日報》，一九八二年七月二十二日。

❼曾鎮南・〈評〈在同一地平線上〉〉・《光明日報》，一九八二年七月二十九日。

❽何孔周・〈眞實、典型、傾向——也評〈在同一地平線上〉〉・《光明日報》，一九八二年八月十二日。

❾何志雲・〈「圓的」形象和「扁的」評價〉・《光明日報》，一九八二年八月十二日。

⑩ 李子雲．〈她提出了什麼問題——評〈在同一地平線上〉及其他〉．《讀書》，一九八二年第八期，頁四十至五十。收入其《當代女作家散論》（香港：三聯書店，一九八四），頁八十二至九十一。

⑪ 唐摯．〈是強者還是懦夫——評〈在同一地平線上〉的思想傾向〉．《文藝報》，一九八二年第九期，頁五十一至五十六。

⑫ 陳駿濤．〈對人生意義的探索——讀幾篇反映青年生活的小說隨想〉．《中國青年報》，一九八二年十月十四日。

⑬ 姚錦權．〈一個現實，兩幅畫面：評張辛欣的兩部中篇小說〉．《新文學論叢》，一九八三年第四期，頁一二三至一二九。

⑭ 士林．〈失誤在哪裏——評張辛欣同志一些小說的創作傾向〉．《文滙報》，一九八三年十二月六日。

⑮ 朱晶．〈請從心造的灰色霧中走出來——讀張辛欣小說隨想〉．《文藝報》，一九八四年第二期，頁十九至二十六。

⑯ 高直．〈到哪裏「去尋找一片綠葉」——評〈在同一地平線上〉男主人翁的返樸歸眞思想〉．《當代文壇》，一九八四年第三期。

⑰ 曾鎮南．〈從地平線向著遼濶的蒼穹——評〈在同一地平線上〉〉．《當代文學探索》，一九八五年第二期，頁三十八至四十一、三十七。

二、其他

⑱ 馬相武・〈美夢的幻滅與理想的失落——清華文學評論社討論張辛欣的小說〈我們這個年紀的夢〉〉・《中國青年報》，一九八三年十一月十三日。

⑲ 陳覲・〈充滿失落感的夢——談談〈我們這個年紀的夢〉的傾向〉・《解放日報》，一九八三年十一月二十二日。

⑳ 蔚國・〈失誤在哪裏？評張辛欣的新作〈瘋狂的君子蘭〉〉・《作品與爭鳴》，一九八四年第二期，頁七十至七十一、八十。

㉑ 仲呈祥・〈冷視與偏見——評小說〈清晨，三十分鐘〉的審美傾向〉・《當代文壇》，一九八四年第二期。重刋於陳子伶、石峰編《一九八三年——一九八四年短篇小說爭鳴集》（濟南：山東文藝出版社，一九八五年），頁六四〇至六四六。

㉒ 敏澤・〈談談張辛欣的創作〉・《當代文藝思潮》，一九八四年第三期，頁五十一至五十四。

㉓ 許子東・〈張承志和張辛欣的夢〉・《當代文藝探索》，一九八五年第二期，頁四十二至四十五。

㉔ 丹晨・〈論張辛欣的心理小說系列〉・《文學評論》，一九八五年第三期，頁五十一至六十。

㉕ 曾鎮南・〈起航！從最後的停泊地——讀張辛欣的近作隨想〉・《文藝報》，一九八五年第四期，頁二

十至二十三。

㉖ 陳思和、汪樂春・〈小小方寸見世界：讀張辛欣的新作〈封・片・連〉〉・《解放日報》，一九八五年五月二十三日。

㉗ 張辛欣、桑曄・〈關於〈北京人〉〉・《上海文學》，一九八五年第六期，頁六十三至六十七。

㉘ 吳亮・〈中國的民衆在想什麼？——讀張辛欣、桑曄的〈北京人〉〉・《作家》，一九八五年第七期，頁六十五至六十八。

㉙ 路敏・〈新潮中的衆生相——讀張辛欣的〈封・片・連〉〉・《爭鳴》，一九八五年十一月，頁五十五至五十六。

㉚ 曾鎭南・〈一位現代意識強烈的女作家——張辛欣和她的小說創作〉・《青年評論家》（石家莊）一九八五年十一月二十五日。

㉛ 童寧・〈張辛欣追張辛欣〉・《工人日報》，一九八五年十二月十六日。

㉜ 王華・〈眞摯地寫自己的感覺——談張辛欣創作〉・《文藝評論》（哈爾濱），一九八六年第一期。

㉝ 劉德一・〈別開生面的領地：讀張辛欣等的〈北京人〉有感〉・《今日文壇》，一九八六年第一期，頁七十一至七十二。

㉞ 劉武・〈理想的迷惘——論〈無主題變奏〉（徐星）、〈你別無選擇〉（劉索拉）、〈我們這個年紀的

夢〉〉・《當代文藝思潮》，一九八六年第一期，頁二十五至三十二。

㉟ 丹晨・〈思辨、詩情和畫面——張辛欣小說再議〉・《女作家》，一九八六年第二期，頁一四六、一六四。

㊱ 王緋・〈張辛欣小說的內心視境與外在視界——兼論當代女性文學的兩個世界〉・《文學評論》，一九八六年第三期，頁四十四至五十二。

㊲ 蕭乾・〈一葉知春——讀《張辛欣小說集》有感〉・《讀書》一九八六年第三期，頁五十九至六十四。

㊳ 山口守著、趙博源譯・〈中國現代文學中的現代主義——論女作家張辛欣及其作品〉・《女作家》，一九八六年第四期，頁一五八至一六八。

㊴ 陳雷・〈張辛欣創作心理軌迹探微〉・《人民文學》，一九八七年第一、二期，頁二三三至二三八。

㊵ 陳晉・〈爭鳴綜述〉（〈在同一地平線上〉）・《新十年爭議作品選・一九七六至一九八六年小說卷》（書實主編）・桂林：漓江出版社，一九八七年，頁六四五至六五一。

㊶ 王曉明・〈疲憊的心靈——張辛欣、劉索拉和殘雪的小說談起〉・《上海文學》，一九八八年第五期，頁六十七至七十四。

㊷ 劉風陽・〈你的地平線——作家張辛欣印象〉・《二汽新聞》，一九八八年七月三十一日。

集，揉合政論與文學，寫盡中共與香港近年來的政治百態，冷嘲熱諷，筆調詼諧，值得您一讀。

25K **傳播研究補白** 彭家發著 定價 精二四〇元 平一八〇元

本書收集了二十三個徘徊在傳播周邊研究上的篇目，從我國口頭傳播之嬗進、說服與宣傳、新聞寫作析史、未來傳播教育課程發展、電影分級制度、計劃編輯、美國社區報與亞洲四大「草根」報、至「美新」與「新聞週刊」的一周運作，以及印刷媒介的批評實例等，綜談一系列廣泛而又經常見之於實務上的若干枝節問題，雖名「補白」，却頗實用。

25K **經營力的時代** 白龍芽譯 定價 精二二〇元 平一六〇元

傑出的企業經營者，都有其成就的歷程與特色，成功的方式雖不盡相同，但可概括歸納幾項基本要素：即構想力、目的選擇力、決定力、革新力、事業化力、組織力等六種精神能力，融合建立在堅定的經營理念上，如此必能創造出經營的特色。讀者若將本書要領妥加運用，必對本身事業有莫大的助益。

社會

25K

社會學的滋味

蕭新煌著
定價 精三八〇元 平三二〇元

您對社會學感到好奇而又陌生嗎？本書是作者在過去幾年內追求社會學想像所努力捕捉而得的收穫，它所呈現的內容是一個本土社會學者對社會學理論運用在本土社會現實的詮釋，深入淺出的文字當可引導您進入社會學的人文世界。

25K

政治與文化

吳俊才著
定價 精三一〇元 平二五〇元

本書係作者近十年來的精心之作，內容涵蓋文化思想、政治哲學、政黨運作及宣傳實務與外交政策等。其中有關印度部份，有第一手的珍貴史料，而其觀察之所得，對現代印度相關問題之研究，有很高的參考價值。

25K

釣魚政治學

鄭赤琰著
定價：一三五元

釣魚也有政治可言？不信且看鄭板橋的一首詩：「兩岸青山聚米多，長江窄窄一條梭。千秋征戰誰將去，都入漁家破網羅。」任教於香港中文大學的鄭赤琰教授，自言喜歡釣魚，也喜歡政治，本集即是他爲明報自由論壇「縱目天下」所寫的政論總國歷代的各種藝術。通過這本書，讀者不但可對中國的書法、繪畫、版刻、雕塑、器物、服飾、和建築等都有所了解，更能看出中國文化發展的過程。

這次你演哪一半　／張辛欣著 - - 初版 - -

台北市：三民，民78

〔9〕，265面；21公分

857.63/8749

© 這次你演哪一半

作　者　張辛欣
發行人　劉振强
出版者　三民書局股份有限公司
印刷所　三民書局股份有限公司
地址／台北市重慶南路一段六十一號
郵撥／〇〇〇九九九八—五號
初　版　中華民國七十八年一月
編　號　S 83189
基本定價　叁元壹角壹分
行政院新聞局登記證局版臺業字第〇二〇〇號

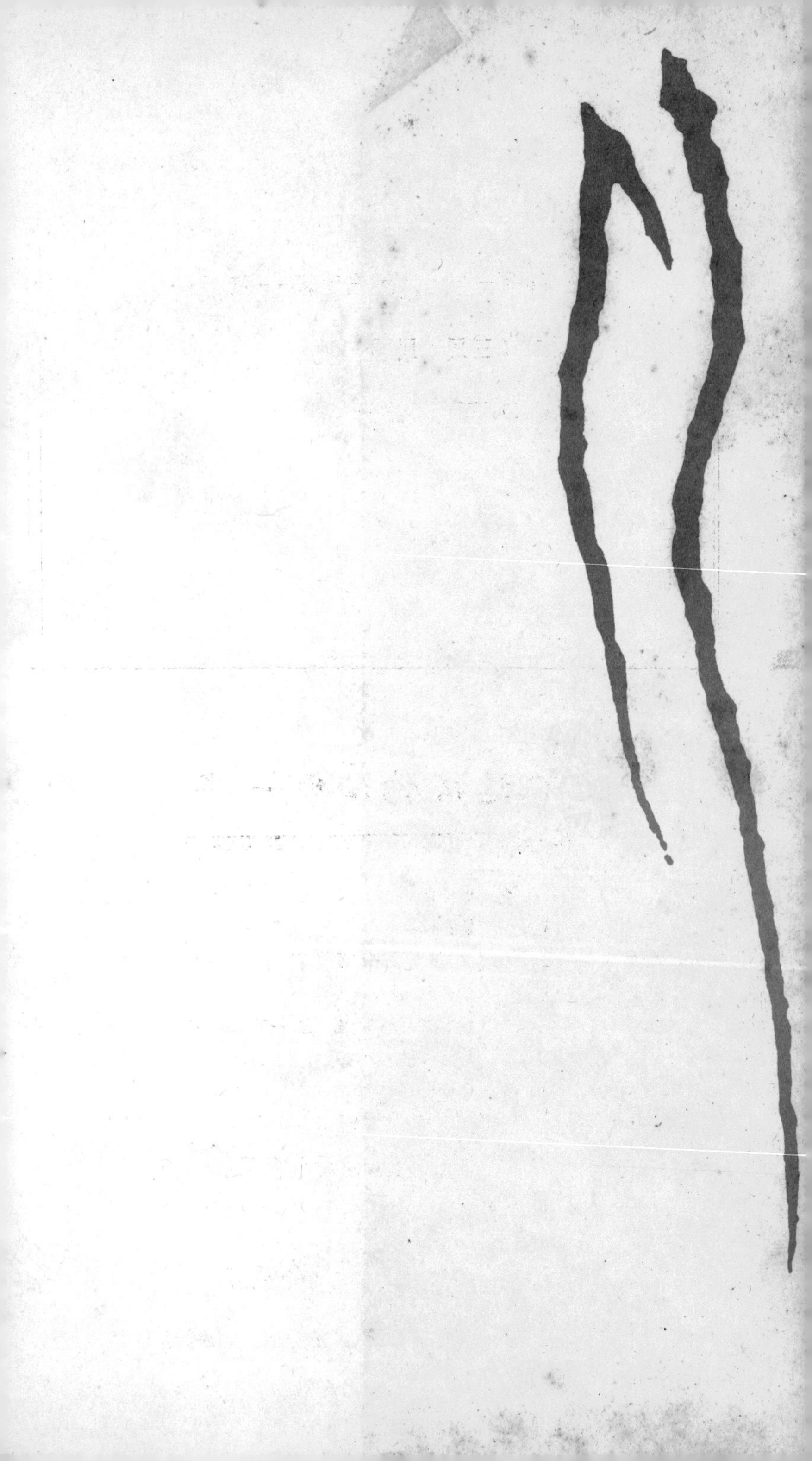